KB081175

북극 허풍담 5

북극 허풍담 5

휴가

요른 릴 소설

지연리 옮김

열린원

｜일러두기｜

• 본문 중의 주석은 옮긴이주다.

• 인명, 지명 등 외국어의 우리말 표기는 국립국어원 외래어 표기법을 따르되,
  통용되는 일부 표기는 허용했다.

여름은 자잘한 기쁨을 몰고 왔지만
황당하게도 왔는가 싶으면 그새 지나갔다.

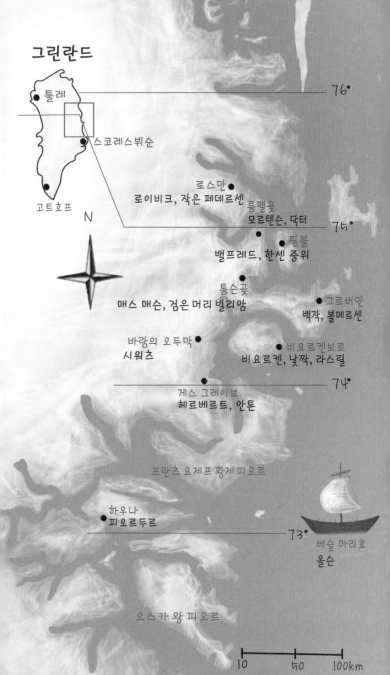

그린란드

툴레

76°

스코레스뷔순

로스만
로이비크, 작은 페데르센   룸펠곶
                    모르텐슨, 닥터   75°
고트호프   핌블
                              밸프레드, 한센 중위

N

                    톰슨곶   그로버만
매스 매슨, 검은 머리 빌리암   백작, 볼메르센

        바람의 오두막   비요르켄보르
        시워츠   비요르켄, 낮짝, 라스릴
                                            74°
              게스 그레이브
              헤르베르트, 안톤

        프란츠 요제프 황제 피오르

        하우나
        피오르두르   73°
                                      베슬 마리호
                                      올슨

        오스카 왕 피오르

                    10   50   100km

놀라움

—

실험실의 모르모트와 라스릴, 그리고
파블로프 이론

상상했던 대로 근사한 여름이었다. 장기간 날씨와 사냥 모두 만족스러워서 그린란드 북동부와 사냥꾼 모두 큰 평화를 누렸다. 겨우내 사냥꾼들은 엄청난 양의 송어와 연어를 잡고, 바다표범 고기를 저장하고, 수많은 여우 가죽을 실외 건조대에 넣어 말렸다. 일광욕을 마음껏 즐기는 이 시간에는 다가올 길고 어두운 겨울날도 환영할 수 있을 듯싶었다. 남은 일은 보급품을 싣고 오늘내일 도착할 베슬 마리호를 기다리는 것뿐이었다.

사냥꾼들은 조급해진 마음으로 톰슨곶의 매스 매슨

과 검은 머리 빌리암의 집으로 모여들었다. 광활한 영토에서 무역 회사의 거류지마다 뚝 떨어져 사는 이들에게는 배가 들어온다는 것은 보급품을 받고 유럽 소식을 전해 듣는 단순한 의미 외에도 사회생활의 일부이자 오락거리라는 의미가 있었다.

어린 까마귀 떼가 몰려들었다. 까마귀들은 호기심 많은 얼굴로 톰슨곶 위를 선회하며 큰 소리로 아름다운 세상을 노래했다. 갓 태어난 까마귀들은 비행 연습을 시작했고, 부화한 바위를 떠나 톰슨만에 이른 까마귀는 먹잇감을 찾아 바닷속으로 뛰어들었다. 댕기물떼새 수컷은 가을 옷을 입고 산을 점령했으며, 털갈이가 한창이라 꽁지깃과 날개깃이 덜 여물어 아직 못 나는 새끼들은 누더기를 걸친 채 가시덤불에 몸을 감추고 주변을 두리번거렸다.

사냥꾼들은 배를 기다렸다. 매일같이 햇볕이 내리쬐는 기지 앞 벤치에 앉아서 빈둥거리며 얼음이 드문드문 흩어진 바다의 수평선 위를 살폈다. 올해는 배가 늦게 도착하지는 않을 것 같았다.

안톤은 벤치에서 쉬며 겨울을 대비해 땅속으로 들어가는 뒝벌을 관찰했다. 햇볕이 누군가의 부드럽고 따뜻한 손길처럼 셔츠 밑으로 파고들었다. 그는 몸을 뒤로 젖히고 쾌감에 젖어 굽은 등을 오두막의 거친 나무 벽에 기댔다.

거대한 평화가 안톤의 내면에 자리 잡았다. 자기 자신은 물론 주변과 조화롭게 지낸 이만이 누리는 한결같은 평화였다. 그는 행복했고, 일과 삶 모두 즐겁고 만족스러웠다. 사냥꾼들 사이에도 밝은 분위기가 감돌았지만, 그가 느끼는 기쁨은 벤치에 앉은 좌초된 인생들 중 가장 컸다. 볼메르센 변호사 옆에는 백작이 앉아 있었다. 백작이 나지막한 목소리로 말했다.

"볼메르센, 철망이 오고 있어. 우리가 드디어 꿈을 이루게 되었어."

볼메르센은 고개를 끄덕였다. 그도 백작처럼 철망이 곧 생긴다는 생각에 기뻤다. 철망을 치면 시범 농장의 꿈이 비로소 완성되기 때문이었다. 그것도 그냥 농장이 아니라 세계 유일의 사향소 축산 농장이었다. 생각만으로도 머리가 아찔했다. 발데마르 볼메르센, 그는 이제 세계 최초로 사향소 축산 농장을 창설한 인물이 될 터였다. 흔한 유산상속 문제로 우연히 그린란드 북동부에 온 그가, 어쩌다 온 곳이 사향소의 유일한 서식지라는 이유로 세계 최초의 사향소 사육장을 짓게 된 것이다. 아무나 생각해낼 수 없는 이 드물고 원대한 생각은 밤이 영원에 가깝게 지속되는, 그래서 시간이 환영에 지나지 않음을 보여주는 북극의 거대한 어둠 속에서 탄생했다. 그리고 태양이 되돌아오기 전, 구체화되어 모르텐슨 무전기사의 주문으로 완성되었다.

비바람을 막을 막사를 만들고, 사료를 저장할 창고를 지으려면 최소한 5만 제곱미터의 땅을 철망으로 둘러야 했다. 시범 삼아 사육할 사향소도 확보해야 했기에, 백작과 변호사는 필요한 만큼 가축을 잡아들이기 위해 올가미를 종류별로 주문했다.

두 사람은 겨우내 농장에 관한 전반적인 일들을 논의했다. 담배와 포도 재배에 흥미를 잃은 사람들처럼 모든 열정을 농장에 쏟아부었다. 볼메르센의 말대로라면 사향소는 상당히 온순한 동물이었다. 적어도 백작, 로이비크와 같이 원정에 나섰다가 발견한 사향소 네 마리는 그랬다. 모두 조각상처럼 미동이 없어서 선하고 지혜로운 인상마저 풍겼다.

사내들은 벤치에 앉아서 각자 주문한 물건을 떠올렸다. 매스 매슨은 즐거운 마음으로 조만간 손에 넣을 새 담배 파이프를 생각했다. 그가 배의 우편 담당자에게 무전으로 주문한 새 파이프는 지금 사용하는 파이프와 매우 유사했다. 그는 우편물이 도착하는 즉시 낡은 파이프를 보내서 몸체와 관을 수리할 생각이었다. 담뱃진으로 새 파이프를 검게 물들이며 겨울을 보낼 상상을 하면서 매스 매슨은 커다란 행복감을 느꼈다.

라스릴은 엄마 생각에 가슴이 뛰었다. 지난해 보낸 곰가죽을 엄마가 받았을까? 그걸로 외투를 만들어 입었을까? 그는 눈을 감고 백곰 모피를 화려하게 몸에 두르고 힐레뢰드* 도심을 누비는 엄마를 상상했다. 하지만이 즐거운 상상은 머릿속에서 완성되기도 전에 비요르켄이 놀라서 내지르는 고함에 중단되었다.

비요르켄은 천천히 쌍안경을 내리고, 씹고 있던 담배를 용마루 밑으로 내뱉었다. 그리고 더할 나위 없이 까랑까랑한 목소리로 외쳤다.

"염병할!"

사내들의 표정이 차례로 굳어졌다. 밸프레드만 예외였다. 그는 한센 중위의 외투를 말아서 머리 아래 괴고, 집 앞 히스밭 위에 편안하게 누워 있었다. 비요르켄은 놀

---

* 덴마크의 셸란섬 북동부에 있는 도시로, 1860년 철도가 개통된 후 급속한 발전을 이루었다.

랍고도 흥미로운 '무언가'가 일어날 때마다 '염병할'이라고 소리 지르는 버릇이 있었다. 그리고 그 무언가는 대부분 파문을 일으킬 만한 것이었다.

비요르켄은 스웨터의 소맷부리 안쪽으로 눈곱을 닦고 쌍안경을 다시 눈으로 가져갔다. 순간, 모두가 숨을 죽이고 비요르켄을 응시했다. 밸프레드도 고개를 살짝 들고는 무거운 눈꺼풀을 반이나 들어 올렸다.

비요르켄이 외치는 '염병할'의 의미를 잊은 사람은 엄마 생각에 흠뻑 빠져 있던 라스릴뿐이었다. 이런 이유로 그는 늙은 스승에게 다가가 모두가 놀란 이유를, 그것도 큰 소리로 물었다.

"비요르켄, 뭐가 염병할 일이에요?"

라스릴의 질문에 비요르켄은 경악했다. 놀란 얼굴에 고통스러운 경련이 일었다. 비요르켄은 쌍안경에서 눈을 떼고 잠시 라스릴을 노려보았다. 하지만 곧 얼음이 녹은 바다를 헤치고 만으로 들어서는 베슬 마리호로 고개를 돌렸다. 조금 전 목격한 대사건을 다시금 확인하기 위해서였다. 확인을 마친 뒤, 그가 쌍안경을 갑에 넣고 호주머니 안으로 밀어 넣었다. 그러더니 험악한 눈으로 옛 제자를 노려보고는 체념한 듯 어깨를 한번 으쓱하고 박공널에 쌓은 건초 더미에서 내려와 오두막 뒤

차가운 그늘 속으로 들어갔다. 멀리 럼 계곡의 산등성이 위로 만년설이 햇빛을 받아 반짝였다.

비요르켄은 화가 났다. 실망스럽기도 했다. 라스릴은 바보 같은 질문으로 새로운 발견이 가져다줄 달콤한 기쁨을 망가뜨렸다. '염병할'의 원인을 설명하기 전에 흥분감과 긴박감을 고조시키려던 기지 대장의 즐거움을 깡그리 앗아갔다. 즉각적인 대답을 요구한 청년의 행동은 어처구니없고, 어리석었다. 라스릴은 비요르켄이 쌍안경으로 관찰을 마칠 때까지 기다려야 했다. 자신의 행동이 상대방의 자존심에 흠집을 내고, 기분을 우울하게 만든다는 사실을 알아야 했다.

매스 매슨이 투덜거리며 자리에서 일어났다. 그는 휘파람을 불며 코흘리개 라스릴을 지나 피오르두르에게서 노간주나무주를 빼앗아 들고 오두막 뒤로 걸어갔다. 톰슨곳의 기지 대장으로서, 그에게는 방문객들 간의 화합을 도모하고 평화를 유지할 의무가 있었다.

비요르켄은 집 밖 벽에 몸을 기대고 앉아 있었다. 화난 등에서는 문신한 용이 아가리로 불을 내뿜었지만, 처마 밑을 반이나 차지한 눈 더미에 앉은 그는 추위에 몸을 떨었다.

매스 매슨이 비요르켄에게 술병을 건넸다.

"자, 한 모금 마셔!"

비요르켄은 침통한 표정으로 오랜 친구를 바라보았다. 매스 매슨이 건넨 술은 목구멍을 타고 글리세린처럼 넘어갔다.

"라스릴은 신경 쓰지 마." 매스 매슨이 위로했다. "너무 어려서 배를 보고 긴장돼서 그랬을 거야."

비요르켄이 앙상한 어깨를 들썩였다.

"나도 알아." 그가 중얼거렸다. "그런데 매스 매슨, 그거 알아? 나는 라스릴을 4년간 교육했어. 그리고 오늘 아무 효과가 없다는 걸 깨달았지. 그래서 힘이 빠졌어. 고작 이런 놈을 가르치겠다고 내 인생의 소중한 시간을 4년이나 허비하다니! 난 놈의 무지를 일깨우고, 타락한 영혼을 구원하려고 내 생애 최고의 날들을 희생한 거야!" 비요르켄이 허망한 표정으로 팔을 휘둘렀다. "고작 이런 일이나 겪으려고!"

매스 매슨이 술병을 챙겨 들었다.

"비요르켄, 네 기분이 어떤지 이해해. 이런 일이 생겨서 나도 유감이야. 검은 머리 빌리암이었다면 달랐겠지. 묻기 전에 뭐든 더 지켜볼 상태인지 아닌지 알아내려고 파란 눈으로 주변을 살폈을 테니까. 뭐든 더 지켜볼 상태인지 아닌지 알아내려고."

비요르켄은 기다란 손가락으로 깍지를 끼고 뼈가 뾰족하게 튀어나온 무릎을 감싸 안았다.

"주먹으로 얼굴을 한 대 갈겨줘야 했어." 생각에 잠긴 얼굴로 그가 말을 이었다. "그래야 늙어서도 기억하지. 한차례 주먹이 오간 일은 기억에 오래 남아. 난 우리가 멀리 북극까지 와 살지만, 여기서도 지킬 건 지키고 따를 건 따라야 한다고 생각해. 그런 걸 두고 예의범절이라고 하는 거고."

"맞아!" 매스 매슨이 동의했다. "비요르켄, 돌아가서 라스릴을 한 대 갈겨주자. 말처럼 뒷발차기를 근사하게 날려. 내가 허락할게."

"고마워, 매스 매슨!" 비요르켄은 파랗고 차가운 하늘을 바라보며 눈을 깜박였다. 무언가를 골똘히 생각하고 있다는 증거였다. 매스 매슨은 독수리 부리처럼 툭 튀어나온 비요르켄의 목젖을 보고 감탄했다. 목젖은 주인이 말할 때마다 수직으로 왕복운동을 했다.

"라스릴은 기억에 오래 남을 따귀를 맞아야 했어. 안 그래? 나는 기지 대장으로서, 영적 지도자로서, 부하이자 제자인 녀석의 뺨을 때려야 했고. 내겐 그럴 의무와 책임이 있으니까. 그런데 너무 늦었어. 지금처럼 시간이 훨씬 지난 다음이 아니라, 그때 바로 때려야 했거든. 고통은 실수를 저지른 결과가 되어야 해. 자기가 뭘 잘못했는지도 모른 채 시간이 이렇게나 많이 흘렀는데, 갑자기 가서 때리면 통증만 기억하게 될 거야. 잘못을 고치고 실수를 배움으로 만회할 시간을 갖지 못하는 거지. 개를 다룰 때와 같아. 개가 물건을 물어뜯으면 그 즉시 엉덩이를 걷어차야 하거든. 버릇을 고치는 데 그보다 더 좋은 방법은 없어. 알다시피 그게 가장 효과적이야."

매스 매슨이 비요르켄의 어깨에 손을 얹었다.

"비요르켄, 네가 한 말이니까 맞을 거야. 겨우내 네가 심리학 공부를 한 걸 나도 알거든." 매스 매슨이 비요르켄이 레우즈에게서 상속받은 책을 떠올리며 말했다. 겨우내 비요르켄은 그 책에 코를 박고 있었다.

"응, 책을 정말 많이 읽긴 했어." 비요르켄이 한술 더 떴다. "그래서 네 말대로 나는 이제 심리학에 관해 잘 알아. 아까 나온 개 얘기도 그래. 그 말을 하면서 난 파블로프의 실험을 생각했어. 조건반사 말이야. 조건반사라면 난 모르는 게 없거든." 비요르켄은 말을 마치고, 긴 송곳니 사이로 공기를 들이마셨다. 자기가 얼마나 유식한지 깨닫자 기분이 금세 좋아졌다.

"그러면," 매스 매슨이 신이 나서 말했다. "그 파블로프 실험을 라스릴한테 적용해볼까? 그러니까 내 말은, 이 사건을 처음부터 다시 재현해보자는 거야. 어떻게 생각해, 비요르켄?"

비요르켄이 천천히 고개를 들었다. 그가 밝은 쪽으로 술병을 들어 올려 남은 술의 양을 확인했다.

"괜찮은 생각 같아." 비요르켄이 동의했다. "좋은 제안이야, 매스 매슨. 이 실험으로 내가 늘 궁금했던 걸 밝혀야겠어. 과학과 망나니짓이 어떻게 손잡고 발전하는지 알고 싶었거든. 라스릴을 위해서도, 과학을 위해서도 시도해볼 필요가 있어."

집 앞 벤치에 앉은 동료들은 다시 나타난 비요르켄을 보고 마음이 놓였다. 모두의 시선이 건초 더미 위로 올라가는 비요르켄에게 쏠렸다. 그가 쌍안경을 펼치자 말없이 지켜보던 사냥꾼들의 얼굴에 걱정 대신 알겠다는 미소가 번졌다.

비요르켄은 자세를 취하고 피오르를 조준했다. 그런데 렌즈 속으로 들어온 풍경이 지나치게 빠르고 무질서하게 움직여서 쌍안경의 감도로 베슬 마리호의 최고 갑판을 찾아내기가 어려웠다. 비요르켄은 배가 시야에 들어오자마자 갑판에 줄지어 선 사람들의 얼굴에 초점을 맞추었다. 그리고 다시 소리쳤다.

"염병할!"

라스릴이 흥분해 몸을 떨었다. 궁금증이 불에 굽는 베이컨처럼 청년의 입술을 뜨겁게 달궜지만, 그래도 그는 입을 열지 않았다.

비요르켄은 쌍안경을 내리고 성난 눈으로 수습생을 노려보았다. 매스 매슨이 윙크하며 속삭였다.

"한 번 더, 비요르켄!"

비요르켄은 한숨을 내쉬며 자세를 바로잡았다. 숨을 깊게 들이마시고, 쌍안경에서 자유로운 손으로 허벅지를 내려쳤다. 그리고 소리쳤다.

"염병!"

라스릴에게는 가혹한 처사였기에. 그 즉시 벤치를 박차고 박공널로 달려가 스승의 바짓가랑이를 붙잡았다.

"비요르켄, 뭐가 보여요? 뭐가 그렇게 염병할 일이죠?"

벤치 위의 사냥꾼들은 모두 눈을 감고 터틀넥 속으로 귀를 밀어 넣었다. 밸프레드의 코고는 소리가 멈추고, 베슬 마리호가 뱃머리를 얼음에 부딪치며 내는 소리가 희미해졌다. 어린 갈매기들도 울음을 그쳤다.

비요르켄은 파블로프의 조건반사 실험에 박차를 가했다. 두 차례 따귀 갈기는 소리에 이어 여기저기서 탄성이 터졌다. 라스릴은 박공널에서 미끄러지며 작게 비명을 질렀고, 모두 훈계조로 말하는 비요르켄의 목소리를 들었다.

"친구, 내가 본 염병할 건 호기심에 찬 코흘리개야! 기지 대장이 하우나의 할보르가 배에 탄 걸 발견하고 소식을 전하기 전에 맛보던 즐거움을 앗아간 애송이! 넌 그 짓을 두 번이나 반복했어!" 비요르켄은 쌍안경을 갑에 넣고 건초 더미에서 내려왔다.

라스릴은 엉덩방아를 찧고 안절부절못했다. 양 뺨이 난로 안의 활석처럼 새빨갰다. 비요르켄이 라스릴을 일으켜 세웠다.

"똑똑히 기억해둬." 그가 근엄한 목소리로 말했다. "우리에겐 이웃을 존중할 의무가 있어. 네 덕분에 난 할보르의 귀환이라는 특별한 소식을 전할 권리를 누리지 못했어. 하지만 쓸 만한 배움을 줄 기회는 얻었지. 앞으로 네 그 두 뺨이 질문을 해야 할 때와 아닐 때를 가릴 테니까. 캐러멜 푸딩을 생각할 때마다 침샘이 활성화되는 것과 같아. 물론, 이건 정반대의 경우지만."

라스릴은 부끄러움에 얼굴이 붉어졌다. 너무 창피해서 쥐구멍에라도 숨고 싶었다. 그는 벤치 끝에 주저앉아 장화에 시선을 고정했다. 알쏭달쏭한 파블로프의 이론을 뒤로하고 시워츠가 소리쳤다.

"하우나의 할보르? 그 녀석이 돌아왔다고?"

비오르켄이 고개를 끄덕였다.

"응. 크리스마스에 돼지 대신 닐스를 잡아먹은 그 할보르가 돌아왔어."

뱈프레드가 눈도 뜨지 않은 채 고개를 살짝 들고 말했다.

"헤헤, 난 아직도 이해가 안 돼. 맛도 없었을 텐데 크리스마스에 닐스를 왜 잡아먹었대?"

"할보르가 왜 왔지? 뭘 하려고?" 매스 매슨이 중얼거렸다. "그런데 예배 어쩌고 하는 뭐 그런 말이 있지 않았어?"

집 안에서 일하던 백작이 고개를 내밀었다.

"올슨이 작년에 말해준 건데, 할보르가 신학을 공부했대. 집행유예 선고를 받고 정신병원에 있다가 지금은 신부님이 될 준비를 하고 있다나? 옛날에 사냥하던 곳을 보러 왔을 뿐 다른 뜻은 없을 거야."

"어쨌든 다행이야. 크리스마스가 아직 멀어서." 모르텐슨이 중얼거렸다. 그는 소문 말고는 할보르에 관해 아는 바가 없었다. "살인자는 늘 범행 현장으로 돌아오지."

뱈프레드가 눈을 뜨고 나무라는 표정으로 무전기사

를 보았다.

"모르텐슨, 할보르는 이름이 '오스카 왕'인 돼지와 동료인 닐스 노인을 재수 없게 혼동했을 뿐 살인자가 아니야. 닐스와 돼지를 같이 봤다면 너도 녀석이 지은 죄를 나무랄 수만은 없을걸."

모르텐슨이 반박하려 들자, 밸프레드가 재빨리 말을 이었다.

"옛날에 슬라겔세에서 알고 지낸 이발사가 있어. 녀석은 귀한 슈냅스*로 유리창을 닦았다고 마누라 목을 벴지."

모르텐슨이 콧방귀를 뀌었다.

"그게 이거랑 무슨 상관인데?"

"상관이 있지 왜 없어? 이발사의 아내가 올보르의 슈냅스와 변질한 술을 헷갈리지 않았다면, 그 여자도 지금 너랑 나처럼 멀쩡히 목이 붙어 있을 거 아니야?"

"여하튼 이발사란 남자가 아내의 목을 벤 거잖아." 모르텐슨이 항의했다. "그러니까 그 여자는 무죄야."

"응, 맞아." 밸프레드가 인정했다. "네 말대로 이발사

---

* 증류하여 만든 과실주.

마누라에게 죄를 묻는 사람은 없었으니까. 하지만 그 여자는 술을 혼동했고, 그래서 살해당했어. 어떻게 보면 이발사보다 더 큰 잘못을 저지른 셈이지."

모르텐슨은 눈을 가늘게 뜨고 밸프레드의 주장이 타당한지 아닌지 생각했다. 작은 페데르센이 침묵을 깨고 물었다.

"할보르라는 사람이 정말로 동료를 잡아먹었어?" 페데르센은 북극 연안에 온 지 2년밖에 안 되어서 자세한 내막을 몰랐다.

"응, 가죽이랑 털까지 싹." 매스 매슨이 고개를 크게 끄덕였다. "장례를 치를 뼈도 모자랄 지경이었지. 할보르는 식욕이 엄청나게 좋거든. 하지만 밸프레드의 말이 옳아. 사람은 누구나 실수를 저질러. 그러니까 실수로 동료를 먹었다는 사실 하나만으로 그 사람을 비난해서는 안 돼. 더군다나 내 기억으로는 아무도 할보르를 싫어하지 않았어. 닐스 노인이 행복하게 오래 살기를 바랐던 것만큼이나 우리 모두 할보르를 좋아했어."

사냥꾼들은 할보르에 관한 이야기를 그쯤에서 접기로 했다. 그리고 베슬 마리호가 선장의 지휘 아래 해안으로 다가서는 모습을 감상했다.

배가 가까워지며 해안을 따라 늘어선 얼음 띠가 조각

나 갇혀 있던 물이 자유를 되찾았다. 백작이 창문 밖으로 고개를 내밀고 커피와 케이크를 먹으라고 소리쳤다.

할보르

—
크리스마스 저녁, 닐스 노인을 돼지
오스카 왕 대신 잡아먹은 어느 노르
웨이인의 재등장

사냥꾼들이 커피잔을 비운 직후, 베슬 마리호의 보트
가 해안에 닿았다. 집 앞 벤치로 되돌아간 사냥꾼들은
백작이 대접한 계피 향 케이크의 달짝지근한 냄새를 입
안에 풍기며 올슨 선장과 할보르가 기지로 올라오는
모습을 지켜보았다.

올슨이 의뭉한 미소를 지으며 기대에 찬 얼굴로 모두
를 바라보았다. 그는 사냥꾼들이 손가락으로 일제히
할보르를 가리키고 나서야 고개를 끄덕였다.

"맞아. 옛 동료." 그가 입을 열었다. "하우나의 할보르가 몇 년 만에 돌아왔어." 올슨은 잠시 말을 멈추고 허리를 폈다. 그리고 모두의 귀에 들리게 큰 소리로 말했다. "그것도 그냥 오기만 한 게 아니라 공짜 배를 타고 왔지." 사냥꾼들은 놀란 얼굴로 늙은, 바다 늑대를 바라보았다. 이제껏 베슬 마리호에 무임승차한 사람은 한 명도 없었다.

할보르는 사냥꾼들과 차례로 악수했다. 모르는 얼굴과 마주할 때는 먼저 자기소개를 했고, 상대방이 자기소개를 마치고 질문할 때까지 정중히 기다렸다. 그는 매우 겸손해 보였고, 이전과 상당히 달랐다. 한편, 할보르는 다시 만난 옛 동료들이 어색했다.

인사를 마친 뒤, 할보르는 벤치에 앉아 꿈꾸는 얼굴로 발 앞에 놓인 조약돌을 응시했다. 올슨은 집 안으로 들어가 의자를 들고 나왔다. 그러더니 쉬는 데 에너지를 전부 소비하는 밸프레드 옆에 의자를 놓고 앉아 입담배를 입안에 털어 넣었다. 그리고 벗어 든 모자로 머리카락이 한 올도 안 남은 두피를 정성껏 닦기 시작했다.

밸프레드가 돌아누우며 한 손으로 턱을 팼다. 할보르를 보고 그가 활짝 웃자 치아가 없는 잇몸이 훤히 드러났다. 입항 기간에는 먹을 게 많아서 씹을 일도 많았다. 그래서 밸프레드는 핌불에 틀니를 두고 왔다. 도자기로 만든 귀한 틀니가 과도한 노동에 망가질까 봐 걱정이 되어서였다.

"어이, 할보르." 밸프레드가 다정하게 말을 건넸다. "결국 우리한테 돌아왔네. 잘 왔어. 난 네가 언젠가 올 줄 알았어. 우리 모두 여기서 자유롭게 살았으니까."

할보르의 시선이 밸프레드에게로 옮겨 갔다. 예전에 살던 곳으로 돌아오니 과거와 미래가 손을 맞잡은 느낌이었다. 옆자리에 앉은 안톤과 헤르베르트는 일광욕 중이었다. 할보르도 그들을 따라 아랫동네와는 다른 방식으로 지상을 덥히는 그린란드 북동부의 태양을 음미했다. 햇살이 눈부셔서 실눈을 뜨고 검은색 옷을 입은 올슨의 뚱뚱한 배를 쳐다봐야 했다.

"진짜야, 그렇게 됐어." 올슨이 중얼거렸다. "여행은 모두 공짜였어. 먹고, 자고, 그 밖의 모든 게 전부 다." 아무도 반응이 없자 그가 같은 말을 반복했다. "정말 완전 무료였다니까." 그래도 그의 선행을 칭찬하는 이가 없었기에 올슨은 한마디를 더 덧붙였다. "공짜였다는 걸 내세우는 게 아니야. 할보르도 알고, 나도 아니까 다들 아는 게 좋겠다고 생각한 것뿐."

라스릴은 놀랐다. 올슨이 보상이 주어지지 않는 일은 하지 않는다고 들은 까닭이었다. "올슨, 진짜 다 무료였어요?"

뱃사람이 사기꾼 같은 얼굴을 청년에게로 돌렸다. 그러고는 만족스러운 듯 웃으며 라스릴에게 아첨에 가까운 말을 했다. "응, 아들, 한 푼도 안 받았어. 내가 장담해."

매스 매슨은 새 파이프를 입에 물고 서 있었다.

"뭔가 좀 이상한데. 수상해. 네가 그렇다면 그런 거겠지만." 그가 차가운 처녀 엠마를 떠나보낼 때 올슨에게 낸 터무니없는 뱃삯을 떠올리고는 중얼거렸다.

올슨은 의자 위로 몸을 젖혔다. 그리고 양손으로 검정 바지를 입은 허벅지를 쓱쓱 문질렀다. 처음 베푼 선행이 왠지 거북해서였다.

"똥통에 목까지 잠긴 사람을 그냥 두고 볼 수만은 없잖아. 꺼내줘야 도리지." 그가 말했다. "필요하다면 머리채라도 잡고 끌고 나와야 하지 않겠어? 할보르는 힘든 일을 겪었어. 이렇게 말해도 될지 모르겠지만, 북극도 잃었지. 그런데 지금 신부님이 되려고 공부한다잖아." 그가 땀으로 젖은 머리통을 한 번 더 닦았다. "그 얘길 듣고, 할보르를 이곳으로 데려와야겠다는 생각이 들었어."

매스 매슨이 할보르 쪽으로 돌아섰다. "할보르, 진짜

야?"

할보르는 부츠에 시선을 고정한 채 고개를 끄덕였다.

"아직 공부를 다 마치지는 않았어. 그래도 혼닝스보 그*에서 몇 주간 사제를 보좌했지. 올봄이었어. 그때 여기에 뭔가를 두고 왔다는 생각이 들었어." 그가 매스 매슨을 바라보았다. "그런데 그게 뭔지 기억이 안 나."

피오르두르는 고개를 끄덕였다. 그는 닐스 노인과 할보르에 이어 하우나의 새 주인이었다. "하우나에 도착해서 총 한 자루와 탄약 반 통을 봤어. 다락에도 카미크 두 켤레와 덫이 여덟 개 있었고. 아마 그걸 거야."

할보르는 고개를 갸우뚱거렸다. "총하고 카미크! 기억나. 톱질한 나무도 기억나고, 덫을 놓을 일만 남았었다는 것도 기억해. 그런데 내가 여기 놓고 간 건 그게 아니야. 확실해."

매스 매슨은 눈살을 찌푸리고 동료들 앞을 서성였다. 생각에 잠길 때마다 늘 그랬듯, 뒷짐을 진 자세였다. 그는 할보르가 정상이 아니라고 믿었다. 그래서 할보르가

---

* 노르웨이의 최북단에 있는 도시로, 1만 300여 년 전부터 사람들이 정착해 살기 시작했다.

톰슨곳에 머무는 동안 주의 깊게 살펴봐야겠다고 생각했다.

"뭘 잃어버렸는지 기억나지 않으면 하우나에 가봐." 매스 매슨이 말했다. "그게 좋지 않을까? 종교 따위는 잊고. 여기서는 절대 안 통하니까. 그딴 건 혼닝스보그에 두고 왔어야 해."

할보르가 목을 긁었다. 매스 매슨의 말이 심기를 건드린 듯했다. "모두 허락한다면, 여기서 겨울을 났으면 해." 그가 말했다.

"아!" 매스 매슨이 기다란 콧수염 끝을 입에 물고 세차게 빨았다. "흠, 흠, 그렇구나. 그럼 당연히 그래야지. 누구든 여기 있고 싶으면 있어야 해. 신부든 신부가 아니든 누구든. 직업이 뭐든 살고 싶은 마음이 있고, 이웃을 불편하게만 안 한다면 괜찮아. 그래도 종교 얘기는 좀 안 했음 좋겠어."

밸프레드가 몸을 반쯤 일으키고 팔을 휘저었다.

"내가 옛날에 알던 신부님이 있어." 그가 입을 열었다. "아니, 개인적인 친분이 있진 않았어. 설교할 때 왠지 우리보다 훨씬 훌륭해 보여서 어떤 곳인지 보려고 딱 한 번 교회에 간 게 전부니까. 내가 늘 말했잖아. 살아 있는 동안에는 최대한 많은 경험을 해야 한다고. 멍청이로 죽지 않으려면 그래야 해. 여하튼, 나한테 교회에 가보라고 한 자는 도살장에서 수습생으로 일하던 놈이었어. 링스테드* 출신이었는데, 이름이 프레데릭센이었지. 따지고 보면 내가 교회에 간 건 녀석의 잘못이 아니야. 예수쟁이긴 했지만, 꽤 괜찮은 놈이었거든. 염병하게 일요일마다 하루에 두 번 미사에 가긴 했지만."

밸프레드가 팔꿈치를 괸 채로 고개를 젖혔다. 하늘을 보며 두 차례 쩝쩝거리더니 다시 말을 이었다.

"어느 일요일, 난 미사에 참석하기로 했어. 가봐야 나랑 맞는지 안 맞는지 알 수 있으니까. 그런데 노래는 정말 좋았어. 여자들이 발코니에서 노래하는데 굉장히 멋졌지. 딱 한 여자만 빼놓고. 그 여자만 아니었어도 하마터면 따라 부를 뻔했다니까. 그 여자는 목소리가 꼭 겨울에 시동이 안 걸리는 고물 차 같았어. 어쨌든, 신부님의 말씀은 노래와 달리 귀에 잘 들어오지 않았어. 무슨 소린지 도무지 알아들을 수가 있어야지. 그런 말을 귀담아듣는 신자들이 그저 신통할 뿐이었지. 설교 이후에는 흔히 교회에서 하는 그저 그런 일들이 순서대로 진행되

---

* 덴마크 동부의 도시로 셸란섬 중앙에 있다.

었는데 나랑은 진짜 안 맞았어. 내가 살다가 그런 꼴을 보게 될 줄은 정말 몰랐달까. 예를 들면 이런 거였어. 기도하기 위해 모두 일어서라는 말이 떨어지자, 신자들이 전부 일어나 차려 자세를 취했어. 나만 빼고서. 그때 난 주기도문을 기억해내느라 애쓰고 있었거든. 마주 잡은 두 손을 무릎 위에 올려놓고 고개를 푹 숙이고 있었지. 그런 나를 보고 프레데릭센이 짜증을 내며 속삭였어. '형제, 일어나세요. 주를 위해 일어설 시간이에요.' 그래서 난 번개처럼 일어났어. 바보같이 보이고 싶진 않았으니까. 어때, 상상이 가?" 밸프레드는 감회가 새롭다는 듯 고개를 천천히 끄덕이며 지난 일을 회상했다.

"나는 주기도문을 외우지 못했어. 다른 사람들이 기도문을 외우면 뒤따라 몇 마디 지껄일 줄만 알았지. 그래서 내가 기도문을 마치기도 전에 사람들은 다시 자리에 앉았고, 나 혼자 서서 기도문의 마지막 문장을 외웠어. 앉으라는 소리도 없었는데 다들 앉다니, 그게 말이 돼? 그때 사람들이 나를 어떤 눈으로 봤는지 아무도 모를 거야. 헤, 헤, 프레데릭센은 휘파람을 불며 내 소매를 잡아당겼지. '앉아, 이 바보야, 악마에 사로잡힌 얼간이, 어서 앉으라고' 라는 말도 잊지 않았어."

밸프레드는 고개를 흔들며 애절하게 붙은 머리카락

몇 올을 목 아래로 잡아당겼다. "그 후로는 교회에 갈 수 없었어. 나도 힘들었거든. 할보르, 그래서 말인데, 매스 매슨의 말처럼 여기서 종교 활동을 할 생각이라면 일찌감치 접는 게 나아. 안 그럼 내가 화낼지도 몰라."

그가 히스밭 속으로 또다시 드러누웠다. 그리고 한숨을 쉬며 중위의 외투를 머릿밑에 괴고 눈을 감았다.

할보르의 거처를 어디로 정할지가 문제였다. 사냥꾼으로 돌아온 것이 아니라서 결정을 내리기가 쉽지 않았다. 잃어버린 뭔가를 찾으러 왔다지만 자기가 뭘 잃어버렸는지 몰랐고, 사냥 회사와도 더는 연관이 없었다. 그래도 사냥꾼들은 저마다 자기 집으로 오라며 할보르를 환영했다. 피오르두르가 특히 그랬다. 할보르가 하우나의 옛 주인이고, 그가 두고 간 몇몇 물건이 아직 그곳에서 옛 주인을 기다린다는 이유였다.

할보르는 친구들의 호의를 정중히 거절했다. 겨울이 오면 친구들 집으로 놀러 갈 수도 있겠지만, 처음 얼마간은 자연 속을 거닐며 무엇을 잃어버렸는지 생각하고 싶다고 했다.

괜찮은 생각이었다. 이제는 할보르가 그린란드 북동부에서 겨울을 난다는 사실을 알았고, 더는 나쁜 일이 생길 것 같지도 않았다.

매스 매슨이 할보르에게 엘리자베스곶의 오두막을 거처로 삼으면 어떻겠냐고 물었다. 사냥꾼 돈 스벤센이 뱀의 도움으로 세상을 하직한 이후 오두막이 줄곧 비어 있었다. 할보르는 감사한 마음으로 제안을 받아들였다. 친구들의 마음 씀씀이에 감동한 눈치였다.

할보르는 서둘러 떠날 채비를 했다. 모터보트는 톰슨곶 기지에서 제공했다. 매스 매슨과 검은 머리 빌리암이 노를 저을 수 있는 작은 모터보트를 내주었다. 비요르켄은 배낭을 빌려주고, 비요르켄보르의 이름으로 냄비와 버너를 선물했다.

시워츠는 호밀 가루 한 자루와 효모 네 상자를 가져다주었으며 바람의 오두막 사냥꾼들은 레밍턴 총 한 자루와 탄약, 석유 한 통을 제공했다.

곧 할보르의 보트가 한가득 채워졌다. 그런데도 백작과 볼메르센은 시가와 라벨이 붙은 포도주를 들고 나타났다. 중위도 할보르가 핌불을 지날 때 개 네 마리를 주겠다고 약속했다. 밸프레드는 감격한 노르웨이인의 손에 월귤주를 쥐여주었다. 이렇게 모두가 각자의 형편에 맞게 할보르가 편히 머물 수 있도록 도왔고, 할보르는 친구들의 후한 인심에 목이 메었다.

관례에 따라 소박한 잔치가 벌어졌다. 할보르는 이튿날 아침 일찍 출항했다. 그는 한 짐 가득 실은 보트에 앉아 신선한 아침 공기를 들이마셨다. 그리고 뱃머리를 동쪽으로 돌려 좁고 긴 톰슨만을 빠져나갔다.

할보르는 묵상에 잠겼다. 그린란드 북동부에서 그가 저지른 과거의 잘못에 비춰볼 때 동료들의 대접은 주목할 만한 것이었다. 그는 죽은 닐스 노인을 생각할 때마다 매번 가슴이 쿵쾅거렸다. 지금도 그랬다. 익숙한 죄책감의 습격에 키를 잡은 손이 오그라들었다. 할보르는 살인자를 용서한 의사들의 말을 떠올렸다. 죄를 뉘우친 그를 신의 이름으로 용서해준 신학교 교사들의 은혜도 떠올렸다.

하지만 그는 자기가 진심으로 회개했는지 확신이 서지 않았다. 무슨 짓을 저지르는지도 모르고 무의식중에 한 일을 과연 후회하고 뉘우칠 수 있을지 의문이었다. 그에게는 닐스 노인이 오스카 왕이 되고, 돼지가 닐스 노인이 된 것뿐이었다. 여하튼, 그때는 그랬다. 그러니 어쩌면 죄를 뉘우치지 않았는지도 몰랐다.

불운한 과거에의 집착은 이렇게 곧잘 우울한 생각을 낳았다. 반면, 보이는 풍경은 우중충한 생각과는 다른 감동을 선물했다. 할보르는 피오르의 아름다움을 온

37

몸으로 느꼈다. 그리고 전신을 타고 전해지는 행복감에 기꺼이 정복당했다. 순간, 자기 존재보다 훨씬 큰 무언가가 느껴졌다. 그것은 어지럽고 실망스럽기만 한 생각보다 컸고, 그가 만난 의사들과 신부님들보다 컸으며, 혼닝스보그에서 영접한 신보다 컸다. 오솔길처럼 은빛으로 반짝이며 펼쳐지는 피오르의 경이로운 풍경과 수직에 가까운 산, 적갈색 히스로 뒤덮인 대지, 그 위에 점점이 찍힌 흰 눈의 흔적, 바위틈에서 반짝이는 투명한 무늬, 그리고 그 안에서 그물 짓는 시간의 섬세한 침식 자국! 할보르는 영원한 순간의 연속상에서 이 모든 것을 한꺼번에 껴안았다. 그리고 살아 있음을, 실재함을 느꼈다. 그때였다. 잃어버린 게 뭔지 찾을 수 있을 것 같다는 생각이 들었다. 키를 움켜잡은 손이 느슨해졌다. 수평선 멀리, 빙산의 허리가 몸을 일으키며 굵은 비단 끈처럼 기지개를 켰다. 피오르는 길었다. 할보르가 영원을 생각할 만큼 길었고, 생각이 다시 신에게로 향할 만큼 길었으며, 자기 또한 영원의 일부임을 깨달을 만큼 길었다.

할보르는 신을 사랑했다. 그리고 신이 할보르 로네센을 싫어하지 않는다는 느낌도 받았다. 그러나 신과 그의 우정에는 접촉이 빠져 있었다. 직접적인 교류가 부재했다. 이것이 할보르의 사기를 떨어뜨렸다. 그가 이상해지기 전에 신을 발견했다면, 그래서 닐스 노인과 대화를 나누듯 신과 대화를 나누었다면, 닐스 노인은 그렇게 죽지 않아도 되었을 터였다.

할보르는 머리를 흔들었다. 그리고 생각을 다른 방향으로 돌렸다. 어두운 과거를 생각하고 후회하느라 잃어버린 것이 있어 이곳에 왔다는 사실을 잊었다. 그는 이제 엘리자베스곶까지 가, 그곳을 거처로 삼을 것이었다. 짐을 푼 뒤에는 일대를 두루 돌며 오래 여행하고, 꽁꽁 언 피오르로 가서 며칠간 머물며 얼음이 부서지는 소리를 들을 작정이었다. 그런 다음에는 겨울을 위해 닐스 노인이 새알을 줍던 가련한 산으로 뱃머리를 돌리고, 백작과 그의 새로운 동료의 집을 방문해 라벨이 붙은 포도주를 마시며 농장 일을 도울 것이었다. 딱히 일하고 싶어서는 아니었다. 죄책감을 물리칠 수만 있다면, 그것만으로도 멋진 겨울이 될 것 같았다.

할보르는 온종일 항해했다. 밤이 되자 높게 선 소들의 섬이 무섭게 느껴졌다. 그는 소들의 섬에서 물이 맑은 작은 만을 발견했다. 물이 얼마나 맑은지, 깊은 바다에서 대구가 해초를 뜯는 모습까지 선명하게 보였다.

할보르는 버너에 커피를 끓이고, 백작의 건포도 빵을

몇 조각 떼어 오랫동안 씹었다. 바닥에 순록 가죽을 깔고 누워 천천히, 깊게 호흡하자, 맑고 신선한 공기가 폐부 깊숙이 들어왔다. 곧이어 마음이 평온해지며 의식이 몸에서 분리되는 느낌이 들었다. 밤의 신선한 공기가 몸 위로 미끄러졌다. 되찾은 이 감정은 환영받아 마땅했다. 할보르 로네센은 행복한 미소를 짓고 잠이 들었다.

할보르가 톰슨곳을 떠난 후, 사냥꾼들은 백작이 정성껏 준비한 점심을 먹으며 할보르에 대해 토론을 벌였다. 점심의 첫 메뉴는 이탈리아풍으로 요리한 생선 수프였다. 양파와 안젤리카 줄기, 사프란 가루, 갓 간 후추, 레몬즙 한 방울로 풍미를 더한 대구와 포도주에 삶은 연어도 나왔다. 탁월한 맛의 고기 한 점이 목구멍으로 넘어가기가 무섭게 비요르켄이 입을 열었다.

"내가 이제껏 수집한 자료들을 참고하면, 할보르는 양분된 인격으로 지금도 고통받고 있어." 그가 겸손한 어조로 말했다. "쉽게 말해 이런 걸 이중인격이라고 하지." 그러더니 말을 멈추었다. 그리고 식사 도중 수저를 내려놓고 조용히 식탁을 빠져나가는 낮짝을 차가운 눈으로 노려보았다. "기지 동료가 과학적 설명에는 흥미가 없나 보네." 그가 꼬집어 말했다.

탈장을 치료하느라 한동안 병원 신세를 진 로이비크가 생선 수프가 든 솥을 자기 앞으로 확 잡아당겼다.

"왜, 난 재미있는데." 그가 말했다. "과학만큼 재미난 건 없어. 수술할 때면 그런 주제로 적잖은 걸 배우게 되지." 그가 이해한다는 표정으로 고개를 끄덕였다. 그러고는 수프를 접시에 덜어 담으며 작은 페데르센에게 물었다. "참, 페데르센, 내가 수술 흉터를 보여줬던가?"

페데르센이 고개를 젓자 로이비크가 수프를 먹는 것도 잊은 채 황급히 자리에서 일어나 벨트를 풀었다. 페데르센은 흥미로워하며 붉은 줄무늬를 관찰했다. 채찍에 맞은 듯 살짝 부풀어 오른 칼자국이 로이비크의 뚱뚱한 배를 가로지르고 있었다.

"흉터가 예쁘네, 로이비크." 페데르센이 말했다. "재미있게 생겼어."

밸프레드는 수저를 내려놓았다. 그리고 못마땅한 표정으로 로이비크를 꼬나보았다.

"밥을 먹다 말고 흉터를 보여주는 걸 보니 옛날에 알던 자식이 생각나네." 그가 트림하며 수프와 함께 삼킨 공기를 내뱉었다. 비요르켄이 기회를 놓치지 않고 재빨리 대화에 끼어들었다.

"아까 이미 말했듯, 할보르는 의식의 분리가 어떤 결

과를 가져다주는지 잘 보여주는 훌륭한 예야." 비요르켄이 손가락 끝을 모아 목을 긁었다. 순간, 작전이 실패했다는 생각이 들었다. 틈을 보여 밸프레드에게 말할 기회를 내준 것이다. 밸프레드가 수저를 흔들며 말했다.

"비요르켄, 네 말이 맞아, 헤, 헤, 할보르는 가운데가 갈라진 엉덩이 같아. 아까 내가 말한 작자와 똑같지." 비요르켄은 말하기를 포기했고, 밸프레드는 말을 이었다. "녀석은 이목을 끄는 타입은 아니었어. 적당히 다정다감하고 적당히 이성적인 성격이었으니까. 그 녀석은 슬라겔세의 도살장에서 수습생으로 일했어. 모두가 그를 '한 다스'라고 불렀지. 열두 형제 중 막내였거든. 그런데 충수염 수술이라는 재난을 당하고 놈도 할보르처럼 둘로 갈라졌어. 그리고 수술 자국에 정이 들었는지 만나는 사람마다 배를 까고 흉터를 보여줬어. 그 바람에 도살장 직원들은 점심을 먹다 말고 매일 놈의 배를 들여다봐야 했지. 그래도 오래가진 않았어. 얼마 안 가 시들해졌거든. 예술 전람회란 게, 다 그렇잖아? 새로운 유행을 퍼뜨리긴 했어. 학교에 흉터를 보여주는 게 대유행했으니까. 일종의 창조적 행위랄까? 종국에는 슬라겔세의 주민 절반이 잭 더 리퍼의 방문을 받은 것 같았지.

잭 더 리퍼가 누군지는 다들 알지? 거, 왜, 영국의 그 유
명한 살가죽 벗기는 살인마." 밸프레드는 생선 수프를
몇 순가락 떠먹었다. 그리고 후다닥 말을 이었다.

"난 흉터를 보여주는 유행을 따르지 않아. 유쾌한
분위기 속에서 조용히 먹는 게 더 좋으니까. 그런데 어느
날, 나체로 야영하는 이들을 만났고, 왜 그랬는지는 모
르지만 그 사람들에게 내 몸의 흉터를 보고 싶은지 물
었어. 그리고 그걸로 유행도 끝이 났지."

한센 중위가 깜짝 놀라 식탁 위로 몸을 기울였다.

"밸프레드, 너도 수술받은 적이 있구나. 난 그것도 몰
랐네."

밸프레드는 접시를 비우고 술을 몇 모금 마셨다. 그
런 다음 셔츠 소매 안쪽에 입을 닦고 고개를 끄덕이며
심각한 표정으로 대답했다.

"맞아, 치질 수술을 받았어. 비둘기 알처럼 굵었어."

밸프레드 덕분에 사냥꾼들은 끝없이 이어질 비요르
켄의 과학적 설명을 피할 수 있었다. 이윽고 소소한 일
상을 주제로 이런저런 이야기가 오갔다. 집 밖 벤치에 앉
아 있던 낯짝이 주요리를 먹으려고 안으로 들어와 식탁
에 앉았다. 그날의 주요리는 비스테카 알라 피오렌티나

*로, 대충 번역하자면 소금에 절인 소고기 구이였다. 낮짝은 그 요리와 출신지가 같았다. 요리는 볼메르센 변호사가 요즘 한창 빠져 있는 궁극의 맛과 향을 지닌 로마네 포도주와 함께 나왔다.

"이건 부르고뉴산 포도주 중 최고야." 귀족의 동료가 포도주에 관해 설명을 늘어놓았다. "봐, 햇빛 아래 벨벳처럼 부드러운 이 보랏빛을! 향기도 끝내줘! 친구들, 이제부터 달콤하게 목을 감싸는 포도주와 하나가 되어봐." 볼메르센은 잔을 들고 숨을 크게 들이쉬었다. 그리고 즐겁게 소리쳤다. "아, 인생에 이보다 더 아름다운 순간이 있을까!" 그러더니 눈을 감고 포도주를 마시고는 음미하듯 잠시 가만히 있다가 식탁 위로 쓰러지며 들릴락 말락 한 소리로 속삭였다. "이제 죽어도 여한이 없어. 모든 걸 다 경험해봤으니까."

비요르켄이 할보르의 양분된 인격에 관한 이론을 발전시킬 기회는 집으로 돌아오는 길에 찾아왔다. 낮짝은 굉음을 내는 모터 옆에 앉았다. 그는 모임에서 얻은 개인

———

*   이탈리아 토스카나주 피렌체 지방의 전통 요리로 이탈리아식 티본스테이크.

적인 행복감을 망가뜨리고 싶지 않았다. 반면 라스릴은 뱃머리에 앉아서 스승의 한마디를 애타게 기다렸다.

"친구, 이거 알아?" 비요르켄이 박사 같은 어투로 입을 열었다. "할보르는 닐스 노인을 먹은 순간, 이미 두 사람으로 갈라졌어. 쉽게 설명해줄게, 잘 들어봐. 갈라진 첫 번째 사람은 A고, 두 번째 사람은 B야."

라스릴의 입이 벌어졌다.

"비요르켄, 진짜요? 그걸 어떻게 알아요? 그럼 그때 할보르는 어디 있었죠?"

"라스릴, 할보르는 이제부터 X라고 부를 거야. 난 A와 B가 어떻게 X가 되는지 증명할 거고. A+B=X. 간단한 공식이지. 지금부터 할 일은 A와 B를 분석하는 일이야. X의 정체를 밝히려면 필요한 과정이거든."

비요르켄은 배를 타고 오는 아홉 시간 내내 A에 관해 설명했다. 하룻밤에 열한 시간을 더해 B라는 문제아를 파헤쳤고, 비요르켄보르가 보이기 전까지 어두운 대양을 건너는 내내 X의 정체를 파헤쳤다. 그러고 나서야 만족스러운 미소가 얼굴에 피어올랐다. 그가 결론지었다.

"할보르는 아직 정신이 반은 나간 상태야. 그래도 괜찮을 거야. 올겨울 친구들이 할보르의 치료를 도울 테니까. 치료법은 딱 한 가지야. 잃어버린 게 뭐였는지 기억해내는 것."

　라스릴은 반박도, 동의도 하지 않았다. 그는 이미 딱
딱한 뱃머리에 앉아 입을 크게 벌린 채 잠들어 있었다.

파이프

―

비흡연자들의 금연 캠페인을 뒷받침
할 새로운 논거: '눈두덩이 시퍼렇게
멍들고 싶다면 담배를 피워라'

하역이 끝나고 그해 사냥해 얻은 가죽이 배에 올랐다.
닻이 오르고 베슬 마리호가 유럽을 향해 뱃머리를 돌렸
다. 얼음으로 뒤덮인 바다 위로 멀어지는 검은 연기 기
둥을 바라보며 사냥꾼들은 안도의 숨을 내쉬었다. 평
화로운 일상이 다시금 그린란드 북동부를 지배하고, 아
래 남은 세상은 북극과 상관없이 또 한 해를 살게 될 터
였다.

톰슨곶에 모인 사내들이 빠른 속도로 흩어졌다. 각
자의 기지로 보급품을 옮기고, 가을을 맞이하기 위해서

였다. 백작과 볼메르센은 매스 매슨에게 짐배를 한 척 빌려서 비요르켄에게 그로버만까지 끌고 가달라고 부탁했다. 그로버만이 비요르켄보르로 이어지는 길목에 있는 까닭이었다. 올가을 라스릴은 그로버만의 주민들을 도와 울타리를 세우고 축산업의 자산이 될 사향소를 잡아들일 예정이었다. 그리고 눈이 오고 첫얼음이 얼면 스키를 타고 비요르켄보르로 돌아올 생각이었다.

매스 매슨은 새로 산 파이프가 무척 마음에 들었다. 붉은색 히스 뿌리로 만든 그 파이프는 둥그런 관의 모양도 좋고, 연초를 넣을 몸체도 커서 족히 30분은 담배를 피울 수 있었다. 고무를 씌운 파이프 끝에 코르크까지 덧대자 옛날보다 무는 힘이 약해진 치아 사이로 파이프가 미끄러질 염려도 없었다.

매스 매슨은 해변에 놓인 보트의 용골에 앉아 삶을 예찬했다. 그에게는 새로 산 깨끗한 파이프와 쌍안경이 있었다. 성능이 뛰어난 이 쌍안경은 비요르켄이 엠마에 대한 권리를 양도하는 조건으로 로이비크에게서 받은 것이었는데, 매스 매슨이 이걸 또 사기를 쳐서 비요르켄으로부터 사취했다. 당연히 가격도 만만치 않았다. 곰 가죽 한 장과 멧도요섬에서 몇 해간 자동 발사된 전적의 리볼버 연발 권총 한 자루 정도랄까. 매스 매슨은 검은 머리 빌리암 쪽으로 시선을 돌렸다. 빌리암은 마지막으로 기지를 떠나는 시워츠의 보트를 눈으로 좇고 있었다. 매스 매슨이 모두에게 고백한 대로 빌리암은 훌륭한 동료였다. 경박한 감이 없지 않고 바보 같은 구석도 있었지만, 깔끔하고 부지런한 데다가 제과 능력이 뛰어났다. 빌리암이 호밀 가루와 돼지기름을 섞어 만든 빵은 아무도 모방할 수 없는 독특한 맛이 났다. 계피 향 비스킷과 럼주를 첨가한 푸르투는 또 어떤가! 매스 매슨은 빌리암이 만든 빵에 실망한 적이 없었다.

그 둘은 몇 해 전부터 함께 살았다. 매스 매슨은 기지의 대장이었고, 검은 머리 빌리암은 기지의 일원이었다. 둘은 언성을 높이는 일이 드물었다. 기지 대장이 명령하기보다는 책임을 다하는 운영자에 속했고, 빌리암은 손해를 보더라도 이웃에게 헌신하는 성격이었기 때문이다.

두 사람은 함께 있어서 좋았다. 겨울이 오면 식탁에 앉아 옛일을 회상하고 미래를 계획하며 긴 밤을 지새웠다. 사냥도 언제나 둘이 짝을 이뤄서 했고, 가사 분담도 공평하게 했다. 매스 매슨은 바다에서 멀찍이 묶은 보트에 앉아 생각했다. 상상에 상상을 더해도, 빌리암과 자기 사이에 골 깊은 오해가 생길 날은 영원히 오지 않을 듯싶었다.

그해에는 얼음이 늦게까지 풀리지 않아서 톰슨곳의 여러 섬이 장기간 하나로 연결되는 현상이 벌어졌다. 덕분에 수많은 바다코끼리가 전례 없이 쿠 포인트에 모여 장관을 이루었다. 빌리암과 매스 매슨은 바다코끼리 떼를 구경하려고 산을 가로질렀다. 고기는 넘쳐날 정도로 많은 양이 창고 안에 저장되어 있었다. 그래서 두 사람은 발상을 전환해 사냥을 하는 대신 바다코끼리들의 생활양식을 관찰하기로 했다.

이 일은 상당히 흥미로웠다. 바다코끼리들은 물웅덩이에서 이따금 몸을 뒤집었고, 살진 암컷들은 어린 새끼를 핥으며 큰 소리로 부르거나 꾸짖었다. 이들이 보여주는 가족적인 모습은 두 사람에게 큰 감동을 주었다. 섬은 안개가 낀 듯 바다코끼리들이 내뱉는 입김으로 자욱했다.

"인상적이야." 매스 매슨이 중얼거렸다. 이미 여러 번 목격한 광경이었지만, 매번 같은 감동이 그를 사로잡았다. 빌리암과 매스 매슨은 바다코끼리들에게 들키지 않으려고 멀찌감치 떨어진 빙판에 자리를 잡았다. "빌리암, 넌 이런 걸 못 볼 거다."

빌리암은 기지 대장을 곁눈질했다. "멀어서 자세히 볼 수 없다는 뜻이군."

매스 매슨이 배꼽을 잡고 웃었다. "하, 하, 하, 그래, 맞아. 쌍안경 없이는 불가능하지." 그는 쌍안경을 눈에 붙인 채 기기의 검정 몸체를 다정하게 쓰다듬었다.

　　빌리암은 쌍안경을 빌리고 싶은 마음이 굴뚝같았다. 그래서 손을 여러 번 앞으로 내밀었지만 매번 내민 손을 불러들여 목덜미를 긁기만 했다. 욕도 매스 매슨이 알아들을 수 없는 것만 골라 했다. 쌍안경을 산 사람도, 소유자도 전부 매스 매슨이었기에 누가 이 물건에 눈을 가져다 붙일 권리가 있는지 결정할 사람도 그였다.

　　멀리서 높이 인 파도가 매스 매슨과 빌리암이 앉은 절벽을 향해 달려들었다. 화강암을 뚫을 기세로 거세게 몰아치는 파도에 얼음 조각이 떨어져 섬과 육지 사이를 표류하다가 빳빳하게 풀을 먹인 이불 홑청처럼 바다코끼리들의 검은 머리 사이를 유람했다.

　　"500마리도 넘겠어." 매스 매슨이 어림잡았다. "아니다, 거의 1000마리는 되겠어." 그는 어금니가 하나밖에 없는 커다란 수컷에게 초점을 맞추었다. "혹시 이빨이 하나밖에 없는 바다코끼리 본 적 있어?" 그가 물었다.

　　빌리암은 대답 대신 동료의 목덜미를 노여운 눈으로 노려보았다. 빌어먹을 놈이라고 욕하고 싶었지만, 속엣말로 만족했다. 매스 매슨의 쌍안경에 대한 애정은 집착에 가까웠다. 꼭 한 번 만질 수 있게 해준 적은 있지만, 그때에도 초점을 맞추기도 전에 돌려달라고 떼를 썼다.

"그럼 그렇지." 매스 매슨이 기분 좋게 말을 이었다. "옛날에 닐스 노인이 오스카 왕에게 책을 읽어주는 동안 발을 올려놓으려고 바다코끼리 이빨로 발받침을 하나 만든 적이 있어. 그게 저 녀석의 이빨이었나 봐." 그는 바다코끼리 떼를 조금 더 자세히 보려고 눈 더미 위로 몸을 기울였다. 그때였다. 계획에 없던 일이 벌어졌다. 아노락 주머니에서 뭔가 빠져나와서 앞으로 굴러갔다.

빌리암은 회색 바위와 거무튀튀한 아노락 천 사이로 반짝이는 매스 매슨의 적갈색 파이프를 보았다. 파이프는 중심을 못 잡고 아노락 주머니를 빠져나가 눈 더미 사이로 미끄러지고 있었다. 빌리암이 입을 연 때는 파이프가 바위를 떠나 이미 유명을 달리한 뒤였다. 애써 희열감을 감추며 그가 말했다.

"이런, 매스 매슨, 아까 네가 피운 담배가 마지막이었나 봐."

매스 매슨이 한 걸음 뒤로 물러서며 동료를 바라보았다.

"그게 무슨 말이야?"

빌리암이 손바닥을 내보이며 대답했다. "쌍안경 갖고

노닥거릴 때가 아니라는 말이야. 새 파이프와 작별 인사를 해야 하니까. 애석하지만 네 파이프가 지금 바다코끼리들 아래 어딘가를 떠내려가고 있거든."

"뭐라고?" 매스 매슨이 무릎을 펴고 재빨리 일어섰다. 아노락 주머니로 손을 밀어 넣었지만 안은 텅 비어 있었다. 그가 당황한 얼굴로 울먹였다. "내 파이프! 빌어먹을, 내 새 파이프가 어디 갔지?"

"저기 아래, 물속에 있어." 검은 머리 빌리암이 대답했다.

매스 매슨은 몸을 구부렸다. 이어 쌍안경의 초점을 맞추고 파이프를 찾아 오래도록 바다 밑을 수색했다. 그러고는 갑자기 사시나무처럼 몸을 떨었다. "오, 저기 있어." 그가 이를 악물고 중얼거렸다. "그만 멈춰. 젠장. 어, 어, 빌어먹을, 안 돼!"

"그게 정말 보여?" 빌리암이 웃음을 참고 걱정하는 척했다. "진짜 기특한 녀석이네. 그렇게 작은 게 보이다니! 놀라워! 장시간 조몰락거리며 조정법을 익힌 보람이 있겠어. 쌍안경을 갖게 된 이래로 줄곧 몸에서 떼어놓지 않았잖아."

매스 매슨은 뒷걸음질을 쳤다. 그리고 심각한 표정으로 동료를 보았다. 그가 말했다.

"이럴 수가! 어떡하지? 큰일 났어! 너도 알다시피 이전에 쓰던 파이프는 덴마크에 수리하러 보냈어. 어쩌지? 파이프가 하나도 안 남았어!"

"너무 상심하지 마." 빌리암이 매스 매슨을 위로했다. "그래도 너한테는 쌍안경이 있잖아. 그래, 이러면 어떨까? 올겨울은 쌍안경으로 내가 도넛 모양으로 내뿜는 담배 연기를 관찰하며 보내. 커다랗게 확대해서 자세히 들여다보면서."

"겨울을 파이프 없이 보낼 수는 없어." 매스 매슨이 청승맞게 말했다. "불가능해. 견디지 못할 거야. 아, 그래도 다행이야. 네가 파이프를 갖고 있어서. 하늘이 도왔어."

"맞아, 그 점은 나도 매우 기쁘게 생각해." 빌리암이 아노락 주머니에 손을 넣어 담배 파이프를 꺼냈다. "매스 매슨, 내 파이프도 꽤 괜찮아. 족히 30분은 담배를 피울 수 있거든."

"아, 그래? 그러면 15분씩 나눠서 피우자. 어때? 좋지?" 매스 매슨이 안도의 숨을 내쉬며 넌지시 물었다. 빌리암의 파이프가 그의 겨울을 구원했다. 매스 매슨은 바지 주머니에서 바다표범 가죽 담배쌈지를 꺼냈다. 그가 말했다. "빌리암, 받아. 이제부터는 내 담배로 파이프를 채워도 돼."

빌리암은 파이프를 주머니 안에 집어넣었다. "매스 매슨, 말은 고맙지만 사양할게. 지금은 담배를 피우고 싶지 않아."

"난 담배를 피우고 싶어."

빌리암은 바다코끼리 쪽으로 시선을 옮겼다. "새로 산 파이프가 바다에 빠져서 정말 유감이야. 그래도 좋게 생각해. 덕분에 쌍안경을 갖고 보초 설 시간이 늘었으니까."

매스 매슨이 의심스러운 눈초리로 동료를 살폈다.

"파이프를 빌려주지 않겠다는 소리야?"

"아직 결정하지 않았어." 빌리암이 대답했다. "너도 알다시피 세상에는 쌍안경을 빌려주지 않는 사람이 있어. 그러니까 파이프를 빌려주지 않는 사람도 있을 수 있어. 그게 그렇게 놀랄 일은 아니지."

매스 매슨은 30년 전부터 파이프 담배를 고집해왔다. 그런 그에게 파이프 없는 삶은 상상할 수 없었다. 두 번 생각할 필요도 없었다. 검은 머리 빌리암이 신문지에 담배를 말아주거나 점토나 무른 돌, 혹은 해변으로 떠밀려온 나뭇조각으로 파이프 대용품을 만들어준다 해도 소용없었다. 그가 원하는 것이 아니었기 때문이다. 그는 히스 몸통에다 끝에 베이클라이트를 댄 진짜 파이프로 담배를 피우고 싶었다.

　여기서 잠깐, 빌리암을 변론하자면, 그는 파이프로 담배를 피우며 매스 매슨의 성질을 돋우지는 않았다. 그는 매스 매슨이 불안하게 연필을 씹으며 서성일 때마다 진심으로 연민을 느꼈다. 이따금 너무 불쌍해서 파이프를 빌려줄까 생각했지만, 매스 매슨이 쌍안경을 독차지하며 했던 말이 잊히지 않았다. 매스 매슨은 이렇게 말했었다. "내 친구 빌리암, 나는 우리가 각자 가진 것에 만족하며 살았으면 좋겠어. 자기한테 없는 걸 남에게 빌리지는 말자는 뜻이야. 친구로 남길 바란다면, 가장 가까운 사이라면 더욱 그래야 한다고 생각해." 빌리암은 매스 매슨과의 오랜 우정을 깨고 싶지 않았다. 그래서 이 공식을 지켰다.

　빌리암은 안팎을 가리지 않고 파이프 담배를 피웠다. 저녁이면 검게 그을린 천장에 대고 동그란 연기를 내뿜었고, 낮이면 끈질기게 달려드는 모기를 쫓으며 밖에서 담배에 불을 붙였다. 이상한 일이지만, 전보다 담배 맛이 훨씬 더 좋아진 듯했다.

　매스 매슨은 흡연권을 혼자만 누리는 빌리암을 가슴 쓰리게 쳐다보았지만, 구걸하고 싶지는 않았다. 그래서 빌리암과 함께 있을 때면 될 수 있는 한 담배 연기에서 멀리 떨어져 있으려 노력했다. 그러다가 빌리암이 밖으로 나가면, 테이블 위로 뛰어올라 공기 중에 남은 담배 연기를 게걸스럽게 들이마셨다.

여름이 가을로 바뀌었다. 사탕에 묻힌 설탕 가루처럼 산꼭대기가 흰색으로 물들자, 바람이 가벼운 눈을 몰고 골짜기로 내려왔다. 밤은 피오르를 얼게 했고, 한낮의 태양은 그 열기로 밤새 언 얼음을 녹였다. 매스 매슨과 빌리암은 여우 덫을 창고에서 꺼내 상태를 살폈다.

매스 매슨이 별채 오두막의 경사진 지붕에 앉아 덫 치기용 나무를 자를 때였다. 빌리암이 파이프를 꺼내 담뱃잎을 채웠다. 그 모습을 한동안 뚫어지게 바라보던 매스 매슨이 이렇게 말했다.

"빌리암, 어쩌면 우리가 거래를 할 수도 있을 것 같아."

예상치 못한 제안에 빌리암이 매스 매슨을 슬쩍 곁눈질했다. "무슨 거래?" 빌리암이 순진한 얼굴로 물었다.

"아, 그게 그러니까…… 넌 파이프를 갖고 있고 난 쌍안경을 갖고 있잖아. 내 생각이 맞는다면 넌 쌍안경을 빌리고 싶어 했어. 난 지금 파이프를 빌리고 싶고…… 저기, 무슨 소린지 알지?"

빌리암이 고개를 갸우뚱거렸다. "글쎄, 잘 모르겠어. 좀 더 알아듣기 쉽게 설명해봐."

칼을 잡은 매스 매슨의 손에 힘이 들어갔다.

"흠흠, 그래. 간단히 말하면 이거야. 빌리암, 혹시 파이프와 쌍안경을 바꿀 생각은 없어?"

빌리암은 엄지손가락으로 담뱃잎을 꾹꾹 눌러 담았다. 그런 다음 코에 대고 몇 차례 문질러 콧기름을 묻히고 아이슬란드 스웨터로 반짝반짝 윤이 나게 닦았다.

"아니, 매스 매슨, 난 이제 쌍안경을 갖고 싶은 마음이 없어." 그가 천천히 대답했다. "파이프 없이는 겨울을 날 수 없을 것 같거든."

"아, 그래? 그래도 쌍안경인데?" 매스 매슨은 화가 났다. 자기가 생각해도 밑지는 거래였다. "이런 쌍안경을 하나 사려면 그런 파이프가 최소한 다섯 개는 있어야 해." 그가 투덜거렸다.

"그래도 싫어." 빌리암은 파이프를 입에 물고 불을 붙였다. "나한테는 지금 이 파이프가 정말 소중하니까. 값을 따질 수가 없어. 게다가 쌍안경을 가져서 내가 뭘 하겠어? 곧 어두운 시기가 돌아와. 이 말인즉, 조만간 볼 게 아무것도 없어진다는 거지. 하지만 파이프는 달라. 내게 만족감을 주거든. 피곤하거나 추울 때면 격려가 되고, 여행 중에는 훌륭한 벗이 되어주지. 날씨가 나빠서 사냥을 못 하고 오두막에 갇혀 지낼 때나, 친구들 집을 방문할 때도 마찬가지야. 매스 매슨, 네가 파이프를 잃어버린 건 정말 딱하지만, 이런 파이프는 돈으로 값을 매길 수 없어."

매스 매슨은 빌리암의 말이 옳음을 알았다. 한참을 상심한 얼굴로 쌍안경 갑을 만지작거리던 그가 각오한 듯, 비장한 얼굴로 소중한 물건을 동료에게 내밀었다.

"자, 가져." 매스 매슨이 말했다. "가끔 파이프로 담배를 피울 수 있게만 해주면, 이 쌍안경은 이제 네 거야."

빌리암은 쌍안경 갑을 받아 들었다. 그러고는 뚜껑을 열고 쌍안경을 꺼냈다. "휴, 잘 모르겠어." 그가 중얼거렸다. "이게 나한테 정말 필요한지. 그래도 어쩔 수 없지. 담배가 그렇게 피우고 싶다는데, 내가 그걸 어떻게 막겠어?" 빌리암은 쌍안경을 펼치고 몰래 매스 매슨의 표정을 살폈다. 하지만 기지 대장의 얼굴이 쌍안경에 잡히기가 무섭게 화들짝 놀라 황급히 눈에서 뗐다. 매스 매슨이 거부할 수 없는 표정을 하고 전략적으로 중요한 거리에서 그를 들여다보고 있었기 때문이다.

"알았어. 이제부터 매주 토요일에 내 파이프를 사용하도록 해. 우리가 집에 같이 있을 때." 빌리암이 거래를 매듭지었다.

"일요일은?" 매스 매슨이 새로운 협상을 시도했다.

"그건 곤란해. 쌍안경과 교환한 대가는 매주 토요일 뿐이야. 단, 담배를 다 피우고 난 다음에는 곧바로 돌려 줘야 해. 약속해, 네 명예를 걸고."

매스 매슨은 체념하고 고개를 끄덕였다. "원하는 대로 해. 파이프는 네 거니까." 그가 기어드는 목소리로 대답했다.

"맞아, 내 파이프야. 쌍안경도 이제 내 거고." 빌리암이 웃으며 별채 오두막 지붕 위로 구름 모양의 담배 연기를 즐겁게 올려 보냈다.

협상이 이뤄진 날은 목요일 오후였다. 빌리암은 쌍안경의 주인이 되어 기뻤다. 잠을 자러 가면서 쌍안경을 침대까지 가져갈 정도였다. 매스 매슨이 거래를 후회해 훔쳐 갈지도 모른다는 생각에 쌍안경을 베개 밑에 넣고 자기까지 했다.

금요일은 영원히 지속될 듯 길었다. 매스 매슨은 일이 손에 잡히지 않았다. 하루만 지나면 파이프에 담배를 피울 수 있다는 생각 때문이었다. 그는 내일 피우게 될 첫 한 모금의 담배 연기를 상상하며 집 안을 서성였다. 저녁을 먹은 다음에는 내일 맛볼 행복을 미리 맛본다며 부끄러움도 잊은 채 빌리암이 내뱉는 담배 연기를 킁킁

대며 냄새 맡았다. 빌리암은 기지 대장을 위해 매운 담배 연기로 식탁 위에 두꺼운 구름을 만들어 호의를 베풀었다.

드디어 토요일이 되었다. 사방이 고요했고, 날씨는 맑았으며, 일관성 있게 얼음이 언 하루였다. 매스 매슨은 평소보다 두 시간이나 일찍 일어나 커피를 준비하고 호밀빵에 버터를 발랐다. 아침 식탁에 술까지 올려놨다. 톰슨곶의 역사상 전례 없는 일이었다.

빌리암은 이불에서 나와 차려진 밥상을 받았다. 배불리 먹고 난 다음, 간밤 내내 침낭 속에 모셔둔 파이프를 꺼냈다.

매스 매슨은 탐욕스러운 눈으로 그 모습을 초조하게 지켜보았다. 그리고 바싹 마른 입술을 핥으며 침을 삼켰다. "빌리암 담배를 피우려고?" 그가 낮은 목소리로 물었다.

"응, 아침 식사를 하고 나서 피우면 기분이 좋아지거든." 빌리암이 말했다. "매스 매슨, 넌 안됐다. 파이프가 없어서. 그래도 너무 실망 마. 담배 연기는 맡을 수 있게 해줄게." 그가 파이프에 담배를 채우고 불을 붙였다. 그리고 연거푸 몇 모금을 빨았다. "다행으로 생각해. 네겐 아직 악의 노예 상태에서 벗어날 기회가 있는 거니까."

매스 매슨은 굳은 표정으로 파이프를 바라보았다. "오늘은 토요일이야." 그가 소리쳤다.

　"정말? 벌써 그렇게 됐어? 세월 진짜 빠르다. 놀라워. 이제 곧 폭풍이 불어오겠네. 그다음에는 눈이 오고. 신의 보호 아래 살다 보면, 와, 벌써 크리스마스잖아! 크리스마스 바로 다음에는 봄이고, 뒤돌아서자마자 베슬 마리 호가 도착하겠지?" 빌리암은 파이프 끝으로 매스 매슨을 가리켰다. "매스 매슨, 까먹지 말고 꼭 새 파이프를 주문하도록 해. 물론 아직도 담배를 피우고 싶은 마음이 있다면."

　"오늘은 내 차례야." 매스 매슨이 속삭였다. "그렇게 합의를 봤으니까. 설마 잊은 거 아니지?"

　"무슨 합의?" 빌리암이 깜짝 놀란 눈으로 매스 매슨을 바라보았다. "아, 그래, 맞아! 우리가 합의 같은 걸 했었지!"

　"네가 내 쌍안경을 가져갔잖아."

　"맞아. 그런데 그걸 어디에다가 뒀더라, 혹시 못 봤어? 나한테는 그다지 쓸모 있는 물건이 아니라서."

　"오늘은 나한테도 파이프로 담배를 피울 권리가 있어."

　빌리암이 고개를 끄덕였다. "맞아, 하지만 내가 먼저 피우고 넌 그다음이야. 내 기억이 맞는다면, 그때 시간을 정하지는 않았으니까. 더욱이 넌 오랫동안 담배를 안 피웠어. 그러니까 이른 아침에는 담배를 피우지 않는 게 좋아. 온종일 기침이 나거나 구역질이 날 수도 있고, 어지러울 수도 있거든. 그러니까 오후까지 기다려. 그래, 내가 잠을 자러 간 이후에 피우는 게 좋겠어. 잠들면 나도 담배를 못 피우니까, 그때 혼자 천천히 즐겨."

"나보고 밤까지 기다리라고?"

"응, 내 생각에는 그게 좋을 것 같아. 혹시 담배를 피우고 몸이 불편해지면 곧바로 이불 속에 누울 수 있잖아."

매스 매슨은 동료의 신경을 건드리지 않으려 노력했다. 거래를 취소할 수도 있었기에 조심할 필요가 있었다. 그가 실망해 중얼거렸다. "빌리암, 알았어. 네가 원하는 대로 해."

낮은 길었다. 매스 매슨은 개와 썰매를 연결하는 멍에를 수리하며 정신을 집중하려 애썼다. 하는 김에 빌리암의 멍에도 손을 보았다. 빌리암은 큰 보폭으로 걸으며 시시콜콜한 이야기를 늘어놓았다. 담배를 맛있게 피우고 다 피우면 교묘하게 또다시 파이프를 채웠다. 저녁 식사를 마친 후, 빌리암이 카드놀이를 하자고 제안했다. 빌리암이 카드놀이를 얼마나 좋아하는지 알았기에 매스 매슨은 이것만큼은 피하고 싶었다. 여차하다가는 밤

을 지새울 수도 있기 때문이었다. 매스 매슨은 빌리암이 얼른 침대로 가길 바랐다. 그래서 피곤하다는 핑계를 대고 먼저 드러누웠다.

빌리암은 혼자서 카드놀이를 했다. 밤 11시까지 카드를 뒤집으며 시간을 보내더니 개들에게 잘 자라는 인사를 하러 밖으로 나갔다. 그런 다음, 내일 쓸 석탄을 가지러 갔다 돌아와서는 하루를 마감하는 의미로 간단한 야식을 먹었다. 그가 침대에 누웠을 때는 새벽 1시가 다 되어 있었다. 동료가 자리에 눕자마자 매스 매슨이 바닥으로 뛰어내렸다.

"파이프가 어디에 있지?" 매스 매슨이 물었다.

"아, 참, 파이프." 빌리암이 침낭 속으로 손을 넣어 파이프를 꺼냈다. "그런데 어쩌면 좋냐? 이제 토요일이 아니야. 그래도 너무 상심하지 마. 별일 없는 한," 그가 핑계를 댔다. "일주일 뒤면 담배를 피울 수 있으니까."

"이게 다 너 때문이야. 잠을 안 자려고 했잖아." 매스 매슨이 눈물을 글썽이며 울먹였다. "네가 자야 나한테 기회가 오지." 그가 넋 나간 얼굴로 푸념했다.

"알았어. 네 말도 일리가 있어. 내 탓이 아예 없다고는 할 수 없지." 빌리암이 매스 매슨에게 파이프를 건넸다. "그리고 나는 약속을 안 지키는 그런 사람은 아니야.

자, 사용하고 난 뒤에 곧바로 돌려줘야 해. 딱 한 번만 파이프를 사용할 수 있다는 것도 잊지 말고."

"약속할게." 매스 매슨은 재빨리 파이프를 가로챘다. 그러고는 식탁으로 가 담배쌈지를 꺼냈다. 빌리암은 이층 침대 위에서 매스 매슨을 흥미로운 눈으로 관찰했다.

"매스 매슨, 엄지손가락을 조심해. 그렇게 꾹꾹 누르다가는 손가락이 부러져."

매스 매슨은 대답하지 않았다. 다만 담배통이 터지도록 담뱃잎을 넣고 또 넣었다. 이전과 비교도 안 될 만큼 오래도록 피울 작정이었다. 마침내 담배통 채우기가 끝났다. 한 단계만 더 거치면 드디어 담배 연기를 들이마실 수 있었다. 매스 매슨은 성냥에 불을 붙여 조심스럽게 파이프에 가져다 댔다. 그리고 연이어 몇 모금을 힘껏 빨아서 작은 양털 구름을 여러 개 만들었다. 뺨이 오목해질 때까지, 그래서 움푹 팬 뺨에 수염이 파묻혀 더는 보이지 않을 때까지, 매스 매슨은 최대한 깊이, 가능한 한 오래 파이프를 빨고 연기를 들이마셨다. 마침내 그는 니코틴에 취해서 식탁 위로 쓰러졌다. 그리고 눈을 감은 채 속삭였다. "하느님 맙소사! 너무 좋아!"

빌리암이 고개를 들었다. "매스 매슨, 어디 아파?"

기지 대장은 고개를 저었다. 머리가 어질어질했다. 눈

꺼풀을 파르르 떨며 그가 천천히 눈을 떴다. 그러고는 빌리암의 머리 너머, 허공을 바라보며 들릴락 말락 한 소리로 속삭였다.

"아니, 빌리암, 좋아. 완벽해."

목축업의 개척자들

—

사향소를 위협하려고 네발로 뛰어다
닌 라스릴의 마지막 변명

매스 매슨이 검은 머리 빌리암의 파이프로 담배를 피
우고 현기증을 느끼던 순간, 나룻배를 타고 그로버만
에 도착한 백작은 시범 농장 생각에 통 잠을 이루지 못
했다. 농장 프로젝트가 이미 자신의 한계를 넘어선 까닭
이었다.

백작과 볼메르센은 라스릴의 도움으로 몇 주 동안
수백 개의 말뚝을 박아 울타리를 만들고 완전히 녹초
가 되었다. 그린란드 북동부에는 망치질 몇 번만으로
말뚝을 박을 땅이 없었다. 말뚝을 박으려면 각각의 각

목 둘레에 돌로 봉분을 쌓고, 다리가 셋 달린 내풍 설비를 보강해야 했다. 그뿐 아니라 애써 박은 말뚝이 쓰러지지 않게 도와달라고 신에게 기도까지 드려야 했다.

라스릴은 짐바리 짐승처럼 고되게 일했다. 그런데도 좀처럼 지친 기색을 내비치지 않았다. 그는 위대한 프로젝트에 참여한다는 사실에 큰 자부심을 느꼈다. 그래서 백작과 볼메르센의 집에 온 이후 줄곧 등골이 휘도록 일했지만, 언제나 잉걸불처럼 되살아났다.

마침내 울타리가 완성되고 놀라운 광경이 펼쳐졌다. 멀리 떨어진 기지에서도 잘 박힌 말뚝이 언덕을 따라 끝없이 이어지며 개들의 강 너머로 사라지는 모습이 보였다. 말뚝 사이사이로 세 줄로 친 가시 달린 철사가 햇빛에 반짝였다.

백작은 이불 속에 누워 울타리를 바라보았다. 고된 노동에 못 박인 손으로 거친 뺨을 문지르자 가슴이 뿌듯해졌다.

울타리 걱정은 내려놓아도 괜찮을 듯싶었다. 울타리는 눈에도 쓰러지지 않을 만큼 튼튼했고, 소가 뛰어넘을 수 없을 정도로 높았다. 따라서 백작의 걱정은 자연스럽게 잡아들여야 할 사향소 사냥으로 옮겨 갔다.

볼메르센, 백작, 라스릴은 사냥에 대비해 열심히 올가

미 던지는 훈련을 시작했다. 백작은 긴 가죽끈을 다루는 데 영 서툴렀다. 올가미를 멀리 던지려면 머리 위로 올려서 커다랗게 원을 그리듯 돌려야 했는데 매번 실패했다. 백작이 올가미를 빙빙 돌리면, 올가미가 회전하다 그 속도를 주체하지 못해 날아가는 대신 그대로 떨어져 그의 귀에 불명예스러운 상처를 냈다. 가끔 멋지게 투척에 성공해도 늘 엉뚱한 곳으로 날아갔다. 그런데 올가미를 들고 어릿광대짓을 한 사람은 백작만이 아니었다. 라스릴도 마찬가지였다. 그는 훈련 내내 자기가 던진 올가미에 꽁꽁 묶였다가 백작과 볼메르센의 도움으로 풀려났다.

올가미 던지기에 재능을 보인 사람은 볼메르센뿐이었다. 라스릴을 표적 삼아 던진 올가미는 열에 한 번 성공했고, 볼메르센은 큰 용기를 얻었다. 꾸준히 연습만 하면, 조만간 까다로운 올가미를 자유자재로 다룰 수 있을 듯싶었다.

백작은 볼메르센이 며칠 더 연습하길 바랐지만, 변호사는 살아 있는 라스릴을 잡았으니 움직이지 않는 사향소를 잡기란 식은 죽 먹기라며 백작을 설득했다. 이런 이유로 그들은 이튿날 아침이 되자마자 소를 잡겠다며 이머 골짜기로 향했다. 이번 원정의 대장은 사냥 경험이 풍부한 라스릴이었다.

　백작은 이불 속에서 몸을 뒤척였다. 걱정이 컸다. 라스릴의 가냘픈 어깨가 지기에는 책임의 무게가 너무 무거웠다. 그가 자리에서 일어나 침대 밖으로 다리를 내밀었다. 그리고 방구석에 놓인 큼직한 옷장으로 살금살금 걸어갔다. 옷장 안에는 라벨이 붙은 포도주가 들어 있었다. 그는 옷장 문을 열고 맨 밑 선반에 놓인 병을 집어 들었다. 1929년산 부르고뉴로, 맛 좋기로 정평이 난 포도주였다. 병의 좁은 주둥이 위로 코르크 마개를 조심스럽게 들어 올리자 향이 올라왔다. 포도주 냄새를 한 차례 맡고 난 뒤, 그가 술을 잔에 따르고는 술병을 옷장 안에 다시 집어넣었다. 그때였다. 볼메르센이 작은 소리로 속삭였다.

　"나도 한 잔 줘."

　"1929년산 그로버만이야." 백작이 속삭였다.

　"진정 효과가 있을까?"

　"그럼, 이보다 더 좋은 건 없어." 볼메르센은 백작의 대답에 안도했다. 그가 부탁했다.

　"그러면 큰 잔에 한가득 따라줘."

　다음 날 아침, 그들은 모닝커피를 마신 뒤 곧바로 그

로버만으로 원정을 떠났다. 당기면 죄어지도록 매듭진 긴 올가미와 접이식 의자를 들고, 바구니 안에 가벼운 먹거리와 포도주 네 병을 챙겼다. 라스릴은 100년 된 낡은 레밍턴을 어깨에 멨다. 총은 비요르켄이 사냥 수업 졸업을 축하하는 의미로 라스릴에게 선물한 것으로, 그런대로 성능이 나쁘지 않았다.

그들은 그로버산을 올랐다. 들쭉날쭉한 모양의 산허리에 이른 뒤에는 포도주를 나눠 마시며 사냥을 시작할 지형을 탐색했다.

"소들이 안 보여." 볼메르센이 포도주 마개를 열어서 조심스럽게 잔에 따르며 말했다.

백작이 발아래 길게 펼쳐진 골짜기를 훑어보았다. 그의 눈에도 사향소가 보이지 않았다. 그러자 묘하게 마음이 놓였다. 그가 나지막한 목소리로 한마디 덧붙였다. "응, 내 눈에도 안 보여."

반면 원정의 책임자인 라스릴은 매복 중이었는데, 화강암에서 방금 잘려 나온 조각처럼 한 치의 흐트러짐이 없었다. 그는 이번 기회에 원정 대장으로서의 체면을 지키고, 비요르켄 밑에서 다년간 배워 익힌 사냥 솜씨를 남김없이 발휘할 생각이었다. 그가 인간의 눈으로는 감지되지 않는 속도로 천천히 시선을 옮기며 비요르켄이 체계적으로 가르쳐준 방식으로 골짜기를 탐색했다. 그러고는 휘파람을 불며 소리쳤다.

"저기 아래요! 강 하류에 사향소들이 무리 지어 있어요! 보세요!"

백작과 볼메르센은 라스릴이 가리킨 곳을 보았다. 그런데 그들의 눈에는 소들이 보이지 않았다.

"움직이지 않아서 그래요." 라스릴이 설명했다. "충분한 경험 없이는 알아채기 힘들죠." 그가 볼메르센에게 올가미를 던져주고 총을 들었다.

"볼메르센, 골짜기를 포위하고 올가미를 던지세요. 백작은 동쪽으로 가서 소 잡을 준비를 하세요. 소들이 그쪽으로 도망칠 경우에 대비해야 해요. 저는 소 떼 뒤로 가서 총을 쏠게요."

볼메르센이 포도주병을 들여다보았다. "라스릴, 그전에 먼저 술병을 비우면 안 될까? 이제 막 시작했잖아."

라스릴은 대답하지 않았다. 대신 백작과 볼메르센이 포도주를 마시는 동안 긴장의 끈을 늦추지 않고 계속해서 사냥감의 동태를 살폈다.

"지금까지 확인된 바로는 모두 열한 마리예요." 라스릴이 똑똑하게 말했다. "그중에 송아지가 둘 있어요."

"좋아, 완벽해." 볼메르센이 대답했다. 포도주를 마시고 원기를 되찾은 그는 사향소가 산꼭대기에서 보이지 않을 정도로 작다면 생각만큼 큰 짐승은 아니라고 생각했다. 볼메르센이 잔을 비우고 담배에 불을 붙였다. 그리고 감아둔 올가미를 풀었다.

모두는 라스릴의 작전에 따라 각자의 위치로 가 전투 태세에 돌입했다. 백작은 거대한 골짜기의 동쪽 끝으로 걸어갔다. 소들이 도망칠 경우, 기지에서 너무 멀지 않은 곳으로 유인하기 위해서였다. 볼메르센은 기지를 향해 깔때기 모양으로 뻗은 협곡으로 들어갔다. 골짜기 중앙에 자리를 잡자 흥분감에 몸이 떨려왔다. 그는 초조하게 담배를 꺼내 물었다.

라스릴은 소 뒤로 우회해 들어가는 병법을 구사했다. 빠르게 달려서 부서진 바위 틈으로 요리조리 몸을 숨기고, 뱀장어처럼 히스밭 사이를 기어서 소 떼의 중심으로 소리 없이 파고들었다. 그의 마른 몸뚱이는 찬탄이 일 정도로 뛰어난 기동력을 발휘했다. 전부 비요르켄에게서 배운 것이었다. 30분도 지나지 않아 라스릴이 정 위치에서 사냥 준비를 마치고 레밍턴을 움켜잡았다.

마침내 총성이 울려 고요한 계곡을 뒤흔들었다. 굉음이 한동안 사라지지 않고 산허리를 맴돌았다. 백작은 최악의 상황에 대비할 마음의 준비를 했다. 장화를 신은 그의 발이 제비꽃 다발처럼 오그라들었다. 볼메르센은 이로 담배 끝을 잘라버리고, 손가락 마디가 하얘지도록 올가미를 움켜쥐었다.

라스릴은 총을 든 팔을 아래로 내리고 총격이 가져올 효과를 확인했다. 총부리에서는 아직도 연기가 뿜어져 나오고 있었다. 그런데 소들이 꿈쩍하지 않았다. 놀랍게도 모두가 이전과 마찬가지로 평화롭게 풀을 뜯고 있었다. 그는 영문을 알 수 없었다.

"어떻게 된 일이지? 믿을 수가 없어!" 라스릴은 또다시 총알을 장전했다. 그리고 소 떼와 조금 떨어진 곳에서 한가로이 풀을 뜯는 덩치 큰 황소의 코 밑을 조준했다. 두 번째 총성이 울렸지만, 이번에도 황소는 고개를 쳐들고 총격이 들쑤신 땅을 유심히 관찰할 뿐이었다. 그러더니 호기심 어린 눈으로 총알이 뚫고 지나간 흔적을 향해 걸어갔다. 그리고 총알이 스치며 부러진 잔가지를 갉아먹기 시작했다. 다른 소들은 아무 반응이 없었다.

라스릴은 어이없는 표정으로 소들과 총을 번갈아 보았다. 사태가 좋지 않은 방향으로 흘러가고 있었다. 경험에 비추어보자면 소들은 총성이 울리자마자 볼메르센 쪽으로 전속력으로 질주해야 마땅했다. 그게 아니라

면 적어도 백작 쪽으로 뛰어야 했다. 총은 바다코끼리뿐 아니라 백곰조차 두려워하는 유일한 물건이었다. 그런데 사향소는 달랐다. 총성에도 꿈쩍하지 않았다. 이상했다. 그에게는 원정을 성공으로 이끌어야 할 책임이 있었다. 양쪽 어깨에 묵직하게 가해지는 책임의 무게를 느끼며 라스릴은 이끼 덮인 바위에 앉아 고심했다.

총성의 효과가 없다는 것이 확인되었다. 라스릴은 총구에 얼굴을 기대고 평화롭게 풀을 뜯는 소 떼를 멍한 눈으로 바라보았다. 어떻게 하면 저런 종류의 짐승을 두려움에 떨게 할 수 있을까? 고함을 칠까? 아우성을 쳐볼까? 좋은 방법이 아니었다. 미친 듯 성을 내며 날뛰는 개들은? 개는 늑대의 가족이고, 늑대는 사향소의 유일한 천적이었다. 빌어먹을, 바로 그것이었다. 사향소를 위협할 존재는 개뿐이었다. 부끄러움에 온몸이 화끈거렸다. 중요한 결정을 내리기 전에 마지막으로 검토했어야 옳았다. 비요르켄은 그가 한 수많은 사냥 강의에서 매번 강조했었다. 사냥에서 절대로 빠져서는 안 될 중요 요소 중 하나는 철저한 사전 준비였다. 맞다. 개들을 데리고 왔어야 했다. 그랬다면 지금쯤 소를 몰았을 터였다. 그러나 그들은 개를 원정에서 이미 빠뜨렸고, 없는 개를 당장 만들어낼 수는 없는 노릇이었다. 방법은 하나였다. 그것은 바로 라스릴, 그가 개가 되는 것이었다.

라스릴은 총을 바위에 기대놓았다. 그리고 시험 삼아 으르렁거리며 네발로 기어보았다. 그럴듯했다. 개처럼 성질만 잘 내면 소들이 놀라서 살려달라고 날뛰며 볼메르센의 올가미 속으로 뛰어들 것이다. 라스릴이 으르렁거렸다. 그런데 으르렁 소리는 곧 강아지가 깨갱대는 소리로 바뀌었고, 소들은 고개를 들고 놀란 얼굴로 주변을 둘러보았다.

골짜기 전체를 뒤흔드는 사건의 발단이 된 일이 일어 일어난 게 바로 이때였다. 그리고 이 일의 경위를 밝히기 위해 우리는 이제 룸펠곳의 무전 기지를 살펴보아야 한다.

휴가

─

닥터의 파업과 모르텐슨의 휴가, 그리
고 사망한 이륜차와 백작의 1931년산
샤블리의 효능

세례명이 에사야스 안데르센인 닥터는 연안에서 매일 업무에 시달리는 유일한 사람이었다. 이 업무에는 여우 사냥과 집안일도 포함되었는데, 얼마든지 뒤로 미룰 수 있는 성질의 것들이었다. 예를 들면 날씨가 나쁘거나 감정의 기복이 심할 때, 혹은 손님이 오거나 파티에 초대되어 참석할 때처럼 다른 중요한 일이 생기면 마음대로 일정을 변경할 수 있었다.

반면, 모르텐슨 무전기사에게 전기를 공급하는 일은 어떤 경우에도 뒤로 미룰 수 없는 성질의 것이었다. 전보를 연안 전역에 배달하는 우체부의 일과 의사 노릇도 그랬다.

닥터에게는 개인 시간이 부족했다. 그래서 업무 시간을 단축할 비책을 마련하려고 고심했다. 톱 연주를 연습할 시간이 부족한 까닭이었다. 그는 그린란드 북동부 심포니 오케스트라의 정기 공연에 참여할 예정이었다. 공연은 매년 북극에서 가장 어두운 달에 열렸다.

룸펠곳에 살기 시작한 지 불과 3년 만에 그는 체신부와 전력 공사, 응급 의료 분야의 권위자가 되었다. 이렇게 모두에게 필요한 인물이 되었지만, 정작 그의 귀함을 아는 이는 연안에 없었다. 단순한 예를 들자면, 완벽주의를 추구하는 모르텐슨의 무리한 경영이 그랬다. 그는 닥터의 노동력을 심하게 착취해서 이 유순한 피오니아인의 반발을 샀고, 모르텐슨은 큰 충격을 받았다.

닥터는 반기를 들고 자기주장을 내세운 적이 거의 없었다. 그런데 아무 예고도 없이 정당한 쉴 권리를 요구하며 일을 그만둔 것이다.

그날 저녁, 닥터는 모르텐슨에게 전기를 공급하는 직류발전기에 앉아 열심히 페달을 밟았다. 모르텐슨은 이 전기로 아마추어 무전기사인 도날드 스피케스와 신나게 체스를 두었다. 도날드 스피케스는 뉴기니

섬*의 세피크강** 하구에서 500킬로미터 상류에 있는 대
농장의 주인이었다. 모르텐슨이 기사 말을 사용해 대담
한 작전을 펼치자, 그가 놀라서 손을 파르르 떨었다. 하
지만 이로부터 정확히 30분 후 그는 반격을 시작했고,
위험천만한 작전으로 적을 교란했다.

　모르텐슨의 입술이 흉악하게 일그러졌다. 스피케스,
안됐지만 이걸로 끝이다. 너는 질 거야. 결국 똥 싼 바지
를 내리는 꼴이 되겠지. 하, 하, 저 아랫동네의 굶주린 농
장주는 이제 숲속에 앉아 부르르 몸을 떨리라. 이번에는
말라리아 때문이 아니리라. 곧 그가 처할 개 같은 상황
때문이리라. 모르텐슨은 퀸 말로 상대방의 말을 몰살하
려고 통신기에 손을 올렸다. 그런데 그때, 갑자기 전기가
끊겼다.

　"빌어먹을!" 그가 소리쳤다. "닥터, 전기가 끊겼어.
빨리 페달을 밟아, 빨리!"

　닥터는 페달을 밟고 싶지 않았다. 그래서 발전용 자
전거에서 내려와 거실로 갔다. 닥터가 식탁 앞에 자리를

———

*　　오스트레일리아 북쪽에 있는 섬으로 세계에서 두 번째로 큰 섬이다.
**　뉴기니섬 북부 최대의 강으로 길이가 약 965킬로미터에 달한다.

잡고 앉자마자 모르텐슨이 지역 라디오 방송국에서 포탄처럼 튀어나왔다. 그가 소리쳤다.

"빌어먹을, 너 왜 그래? 멍청한 새끼, 너 때문에 룸펠곳의 명예가 날아갔어."

닥터는 고개를 저으며 미안함을 표시했다. "모르텐슨, 미안, 정말 미안해."

모르텐슨이 어이없다는 얼굴로 닥터를 노려보았다. "미안해? 순대 같은 놈, 그걸 말이라고 해? 빨리 자전거 위로 올라가 전기를 만들어. 지금 막 아랫동네의 가증스러운 스피케스를 작살낼 참이었단 말이야!"

그래도 닥터는 꿈쩍하지 않았다. 양쪽 눈을 좋아하는 악기가 걸린 벽에 고정하고, 짧은 순간이기는 했지만, 곡을 연주해서 성난 모르텐슨을 진정시킬까 진심으로 고민했다.

성난 무전기사의 얼굴이 진홍빛으로 물들었다. 그는 닥터의 팔을 잡아 의자에서 끌어 내렸다. 그리고 멱살을 잡고 발전기 앞으로 데려가 강제로 페달을 밟게 했다.

"어서 밟아. 멍청아, 투르 드 프랑스에 참여했을 때처럼 해보라고. 알아들었어?"

모르텐슨이 욕설을 퍼부었지만, 운동선수 같은 닥터의 다리는 페달 밟기를 거부하고 항해용 바지 속에서 움직이지 않았다. 그가 자전거 손잡이에 시선을 고정한 채 고개를 저었다.

"모르텐슨, 안됐지만 이번 주에는 더 이상 전기가 공급되지 않을 거야. 진짜 미안하게 생각해. 하지만 지금은 널 도울 수 없어. 휴가를 갈 거거든."

모르텐슨의 입이 떡 벌어졌다. "뭐?"

"휴가를 갈 거라고. 이해해줘." 닥터가 같은 말을 반복했다. 그리고 유감이라는 듯 양팔을 들썩이고는 안장에서 내려와 거실로 돌아갔다. 모르텐슨은 자기 귀를 의심했다. 휴가라니? 갑자기 왜? 그가 닥터를 따라 거실로 갔다. 두 사람은 테이블을 사이에 두고 앉아서 서로를 응시했다.

모르텐슨이 놀라움을 가라앉히고 최대한 침착한 어조로 입을 열었다.

"닥터, 휴가라고 했어?"

"응, 휴가." 닥터는 의자 뒤로 몸을 젖혔다. 자토펙*의 허벅지를 테이블 아래로 길게 뻗은 뒤, 매스 매슨이 중요

———

* 에밀 자토펙. 15회 헬싱키 올림픽에서 세 종목에 걸쳐 우승을 차지해 '인간 기관차'라고 불린 체코슬로바키아의 육상 선수.

한 발언을 할 때마다 그러듯, 엄지손가락 두 개를 조끼에 찔러 넣었다.

"모르텐슨, 이해해줘. 아까 페달을 밟다가 룸펠곳에 온 이후로 휴가를 간 적이 없다는 사실을 깨달았어. 물론 갑자기 이러면 안 된다는 건 알아. 무책임한 행동이니까. 하지만 세상 사람 전부가 6개월 일하고 휴가를 떠나. 이건 단순히 권리의 문제만이 아니라 풀어야 할 숙제야. 우린 휴가를 즐길 줄도 알아야 하거든. 헌법에도 그렇게 적혀 있어. 법을 존중해야지."

모르텐슨이 여러 차례 고개를 끄덕였다. 닥터가 그 모습을 보고 용기를 얻어 말을 이었다.

"단순하게 생각해. 난 여기 와서 한 번도 휴가를 받은 적이 없어. 3년이나 휴가를 못 간 셈이지. 이건 너무 불공평해. 그냥 넘길 일이 아니야. 이렇게 계속 휴가도 못 가면서 일할 순 없어. 게다가 그냥 두면 휴가가 엄청나게 쌓여서 결국에는 처리가 곤란해질 거야. 언젠가는 1년 내내 일 없이 놀아야 할 거란 말이야. 모르텐슨, 안 돼, 그렇게 둘 순 없어. 상상만으로도 끔찍해."

모르텐슨이 고개를 끄덕였다. 그 모습에 닥터는 또다시 용기를 얻었다. 그가 미소 지으며 말했다. "너도 내 말에 동의하지? 갑자기 휴가를 가겠다고 했지만, 내가 왜 그러는지 알잖아."

"닥터, 그런데 여기는 아랫동네랑 달라." 모르텐슨이 따졌다.

"아냐, 난 그렇게 생각 안 해. 우린 똑같아. 다른 점이 있다면 너랑 난 바닷가에서 일하고, 아랫동네 사람들은 바닷가로 휴가를 간다는 것뿐이야. 내 말이 틀렸어?"

"열여덟 달을 열심히 일했으니, 쉬고 싶은 마음은 이해해." 모르텐슨이 솔직하게 말했다. "그런데 여기서 일하며 휴가를 챙기는 사람은 없어. 들어본 적이 없어."

"맞아, 나도 못 들어봤어." 닥터가 대답했다. "그렇다고 달라지는 건 없어. 1년 내내 놀 긴급 상황을 피할 방법은 지금 당장 휴가를 떠나는 것뿐이야."

모르텐슨은 뉴기니섬에서 끊긴 전원이 연결되기를 기다리며 송신기 버튼을 만지작거릴 미스터 스피케스 생각뿐이었다. 그가 애원하는 눈으로 기지 동료를 바라보았다.

"닥터, 부탁이야. 페달을 몇 분만 더 밟아주면 안 될까? 아랫동네의 스피케스를 격파할 때까지만. 나를 위해 그렇게 해주면 안 돼? 우리의 오랜 우정을 위해."

닥터는 한동안 숙고의 시간을 가졌다. 마침내 그가 자리에서 일어나 모르텐슨의 어깨에 한 손을 올리고 말했다.

"좋아. 페달을 밟을게. 딱 네가 이길 때까지만. 그다음에는 휴가가 끝날 때까지 아무 소리 마."

모르텐슨은 재빨리 통신기 위로 뛰어올랐다. 송수신기가 전류의 흐름을 받아 윙윙거리며 다시 깜박이기 시작했다. 그 즉시 모르텐슨은 미스터 스피케스를 불러 단번에 제압하고, 중앙 스위치를 내린 뒤 통신기를 서랍에 넣었다. 그리고 기지 문을 닫고 거실로 돌아가 테이블 위에 럼주를 올려놓았다. 그가 말했다.

"닥터, 휴가를 가겠다는 생각이 영 바보 같지는 않아. 젠장, 나도 가게 문 닫고 너랑 휴가를 갈까 봐."

닥터는 활짝 웃으며 고개를 들었다. 모르텐슨이야말로 진정한 친구였다. 어떤 상황에도 변하지 않는 진짜 친구였다.

두 사람은 럼주를 몇 잔 마시고 휴가를 떠날 채비를 했다. 모르텐슨은 음악회를 준비하며 휴가를 보내자고 제안했지만 놀랍게도 닥터의 계획은 달랐다.

"나는 여행을 다니며 구경을 하는 데 휴가를 쓰고 싶어. 이렇게 아름다운 곳에 살면서 어딜 제대로 가봤어야지. 가끔 일 때문에 이동한 적은 있지만, 순수한 기쁨을 느낀 적은 없어. 그래서 말인데, 일주일간 자전거 여행을 하면 어떨까 해."

"그러기엔 얼음이 너무 얇아." 모르텐슨은 회의적인 태도로 고개를 저었다. "좋은 생각이지만 자전거를 타고 다니기에는 아직 일러."

"내 말은 그런 뜻이 아니었어." 닥터가 대답했다. "우린 육지를 횡단할 거거든. 자전거를 타고 섬 가까이 간 다음 그로버만의 시범 농장에 갈 거야."

"자전거로 그렇게 멀리까지 갈 수 있어?"

닥터가 어깨를 들썩이고 손짓했다.

"자전거로 갈 때도 있고, 걸어서 갈 때도 있겠지. 어떤 때에는 자전거를 밀고 갈 수도 있고. 그래도 강 하구부터는 식은 죽 먹기일 거야. 오덴세*까지 국도를 타고 가듯, 백작의 집까지 쉽게 갈 수 있어."

"거기까지 간다고? 그 위까지?" 모르텐슨이 곰곰이 생각했다. "우리가 정말 거기까지 갈 수 있다고 생각해?"

"난 여행을 많이 했어." 닥터가 말했다. "자, 네 생각은 어때?"

모르텐슨은 손바닥을 마주쳤다. 그리고 자기도 놀

—

* 덴마크 남부 퓐섬의 항구도시.

랄 만한 말을 했다. "흠, 좋아, 한번 해보지 뭐. 박진감 넘치네. 훌륭한 계획이야."

다음 날 아침, 두 친구는 자전거를 타고 룸펠곳을 떠났다. 닥터는 기름칠한 가죽 장화에 선원 바지를 찔러 넣고 안장에 앉아 페달을 밟았고, 모르텐슨은 식료품 배낭을 등에 지고 짐받이에 방석을 깔고 앉았다.

500미터를 지나자 기지의 깃발이 시야에서 사라졌다. 얼마 후에는 자전거를 끌고 여우 언덕을 올랐다가, 룸펠산을 지나 깊고 울창한 골짜기로 내려가 동서 방향으로 자전거를 틀었다.

닥터는 부자가 된 얼굴로 양팔을 크게 휘두르며 소리쳤다.

"모르텐슨, 우리가 어디 있는지 한번 봐! 대자연의 품에 안긴 기분을 느껴봐! 어때? 뭐 할 말 없어?"

모르텐슨 무전기사는 속눈썹의 땀방울을 닦으며 주변을 둘러보았다. 깊이 숨을 들이마시고 눈을 들자 난공불락의 요새처럼 우뚝 솟은 남쪽 산이 보였다. 산봉우리는 아무리 멀리 가도 시야에서 사라지지 않을 듯 높았다. 산꼭대기 위로 금색, 붉은색 부채에 뚫린 구멍처럼 검푸른 구름 한 점이 떠다녔다. 눈앞에는 골짜기의 회갈

색 땅이 펼쳐졌고 은빛으로 빛나는 실개천이 그 위를 가로질렀다. 사방이 고요했다. 하늘, 땅, 바다가 만들어내는 웅장한 침묵 앞에서 그가 숨을 깊이 들이마셨다. 아름다운 풍경이었다. 이 세상의 것이 아닌 듯 초현실적으로 느껴지기도 했다. 모르텐슨이 배낭을 바닥에 내려놓으며 탄성을 질렀다.

"닥터, 굉장해! 아, 자연이란! 이런 풍경은 세상 어디에도 없을 거야." 모르텐슨은 장엄한 풍경에 감정이 북받쳤다. 바닥에 앉아 넋이 나간 눈을 동쪽 골짜기 끝으로 옮기자, 하늘을 향해 기둥처럼 우뚝한 산이 보였다. 갓 태어난 어린 구름이 산봉우리 끝에 걸려 있고, 보랏빛 히스로 뒤덮인 산허리가 빛을 받아 반짝였다. 모르텐슨은 목소리를 가다듬으려는 듯 몇 차례 헛기침을 했다. 그리고 다음과 같이 여러 번 말해서 닥터를 놀라게 했다.

"고마워, 정말 고마워……."

그들은 골짜기에서 밤을 보냈다. 닥터가 잔가지와 잎을 끌어모아 요 두 개를 만들고 그 위에 침낭을 펼쳤지만, 야영에 익숙하지 않은 모르텐슨은 잠이 쉬 오지 않았다. 그렇다고 기분이 나쁜 건 아니었다. 하늘 위로 천천히 구름이 지나갔다. 그는 이제 막 반짝이기 시작한 별들이 희미하게 빛나는 어두운 밤하늘을 응시했다. 그리고 만물의 위대함과 우주 공간의 실재함을 알았다. 놀랍고도 가슴 벅찬 순간이었다. 숨을 크게 들이마시자 하늘, 구름, 산, 누운 대지와 하나가 된 느낌이었다. 순간, 그의 내면에서 누군가 노래하기 시작했다. 침묵이었다. 뭐라 정확히 말할 순 없지만, 닥터로서는 상상도 못할 만큼 휴가가 길어질 듯한 예감이 들었다. 그가 처음으로 경험할 진정한 휴가였다.

골짜기를 가로지르는 긴 여정이 지나자, 낮고 앙상한 능선이 나타났다. 여행을 떠난 지 사흘째 되는 날에는 강물이 빠지는 하구에 도착했다. 닥터와 모르텐슨은 자전거에 올라 그로버만을 향해 달렸다. 그러다가 직각으로 길을 꺾자 나지막한 언덕을 흐르는 봄의 강이 나타났다. 언덕은 얼음이 녹아서 진흙투성이였다. 그때였다. 어디선가 총성이 들려왔다.

닥터가 급제동을 걸었다. 그 바람에 모르텐슨이 닥터의 툭 튀어나온 어깨뼈에 머리를 부딪쳤다.

"모르텐슨," 닥터가 추측했다. "총소리야. 누가 총을 쏘나 봐."

모르텐슨은 고개를 끄덕이며 코뼈가 부러지지 않았

는지 확인했다. 이때 또 한 번의 총성이 정적을 뚫고 들려왔다.

"무슨 일이지?" 닥터가 걱정스러운 얼굴로 모르텐슨을 보았다. "백작과 볼메르센은 사냥꾼이 아니야. 그런데도 누가 총을 쐈어. 뭔가 이상해." 그가 핸들을 움켜잡았다. "모르텐슨, 꽉 잡아. 빨리 가서 둘을 구해야겠어."

닥터가 자전거에 올라 핸들을 잡자, 모르텐슨이 재빨리 양발을 발판에 올리고 두 팔로 닥터의 허리를 붙잡았다. 닥터는 기름칠한 장화가 해질 정도로 힘껏 페달을 밟으며 냅다 경적을 울렸다. 그들은 전속력으로 자전거 바퀴를 굴려 골짜기 안으로 들어갔다. 그리고 사향소 무리와 거대한 짐승 앞에서 네발로 기며 미친개처럼 으르렁거리는 라스릴을 발견했다.

소들에게 깊은 인상을 남긴 것은 총소리도, 라스릴의 개 짖는 소리도 아니었다. 날카로운 쇳소리를 내며 달려드는 닥터와 모르텐슨의 자전거였다. 적의 이상한 움직임을 발견한 수컷 하나가 고개를 흔들며 앞발로 황폐한 땅을 가래질했다. 황소는 몸집이 상당히 컸고, 털빛이 갈색이었다. 이어 황소가 이끄는 한 무리의 소 군단이 동쪽 골짜기를 향해 돌진하기 시작했다. 백작이 바짝 긴

장해서 소들을 기다리는 곳이었다. 그가 소 떼를 보고 소리치며 회색 양모 아노락을 벗어서 짐승을 향해 휘둘렀다. 그때였다. 소들이 반대편으로 방향을 바꾸었다.

대장 사향소는 나무 작대기처럼 키만 컸지 빼빼 마른 인간이 아노락을 빙빙 돌리며 선 꼴을 보고 신경이 거슬렸다. 그래서 반 바퀴 회전해 평화로운 두 여행자에게 달려들었다.

닥터는 현장에 도착하자마자 재앙이 들이닥칠 것을 직감했다.

"모르텐슨, 내려!" 그가 소리쳤다. "이런 미친, 소들이 이쪽으로 오고 있어!"

필요 이상의 친절이었다. 모르텐슨은 이미 자전거에서 내려 바위 뒤로 안전하게 몸을 숨긴 뒤였다. 그는 바위 위로 코를 쳐들고 이전에도 없었고 앞으로도 없을 휴가의 클라이맥스를 숨죽여 지켜보고 있었다.

닥터는 열심히 페달을 밟았다. 하지만 소들이 너무 빨랐다. 결국 소들에게 따라잡히고 만 그가 자전거 핸들을 놓고 모르텐슨이 숨은 바위 뒤로 뛰어갔다. 그리고 그곳에서 자전거의 비극적 최후를 목격했다.

황소는 뿔로 받기도 전에 무력하게 나가떨어지는 적을 보고 매우 놀란 눈치였다. 그런데도 확실히 해둘 필요가 있다는 듯, 자전거로 달려들더니 바퀴 깊이 뿔을 처박고, 머리 위로 들었다가 최대한 멀리 던졌다. 이어 수송아지 몇 마리가 쓰러진 적수에게 달려들어 대장 소의 명예를 걸고 마지막 일격을 가했다. 순식간에 자전거와 바구니, 짐받이 가방과 그 안에 들어 있던 가방이 갈기갈기 찢겼다.

소들은 위업을 달성하자마자 자기들은 원래 온순한 동물이라는 양 한가롭게 풀을 뜯었다. 닥터와 모르텐슨은 자전거 학살 장면을 목격하고 놀란 라스릴 쪽으로 달려갔다.

사향소 사냥에 실패한 원정대원들은 그로버만으로 돌아왔다. 농장주들과 마찬가지로 닥터 또한 기분이 바닥이었다. 그래도 라스릴만큼 고통스럽지는 않았다. 그는 원정대 대장으로서 사냥에 실패해 무척 괴로웠다. 이 소식이 비요르켄의 귀에 들어가게 될까 봐 두려웠다. 닥터는 애지중지하던 자전거를 잃고 슬픔에 빠졌다. 지난 3년간 그에게 충성하며 많은 선물을 안겨준 자전거였다. 황소가 자전거를 휜 고철 덩어리로 만들지만 않았더라면, 앞으로도 몇 년은 거뜬히 사막 같은 땅을 누빌 수 있었을 터였다.

백작과 볼메르센은 말없이 생각에 잠겨 털이 긴 선사 시대의 괴물을 포획할 새로운 방법을 모색했다. 유쾌한 기분을 유지한 사람은 모르텐슨뿐이었다. 그에게 소들 과의 만남은 멋진 모험이었다. 소들이 보여준 야생성과 저돌적인 성격은 소들 또한 위대한 대자연의 일부임을 증명하는 것이었다. 사향소의 위력은 겨울날 대서양에 서 불어오는 폭풍과 맞먹었다. 이렇듯 자연의 엄청난 위 력은 기후뿐만 아니라 바다와 육지에서도 찾을 수 있었 다. 모르텐슨은 자전거처럼 낯선 물건을 보고 달려드는 사향소들에게 감탄을 연발했다.

그들은 말없이 백작이 준비한 에스칼로프*를 먹고 일 찌감치 잠자리에 들었다. 그런데 백작은 통 잠을 이루지 못했다. 이리저리 몸을 뒤척이다가 1929년산 그로버만 을 마셔도 봤지만, 마음이 쉬이 진정되지 않았다. 그는 하는 수 없이 옷을 주워 입고 밖으로 나갔다.

다음 날 아침, 밖에 나가 위생 생활을 영위하던 라스릴 이 놀라 자빠지는 일이 벌어졌다. 얼마나 놀랐는지 그는

---

* 육류와 생선을 얇게 썬 고기 요리.

몸에 묻은 오물을 닦을 생각도, 자기가 저지른 걸 치울 생각도 못 했다. 그가 집 안으로 뛰어들며 신경질적으로 소리쳤다.

"백작, 전부 울타리 안에 있어요! 전부 다요. 자전거를 학살한 놈도 있어요!"

사내들이 창문까지 앞다퉈 달려갔다. 그러자 철망 안에서 평화롭게 풀을 뜯는 소들이 보였다. 덩치 큰 수컷은 볼메르센이 새끼를 밴 암소나 송아지를 위해 마련한 건초 더미에 누워 무거운 숨을 내쉬며 구슬프게 울었다. 용맹한 짐승과는 어울리지 않는 모습이었다.

볼메르센이 이 장면을 후대에 길이 남기기 위해 연장을 들고 미사일처럼 튀어 나가자, 모르텐슨과 닥터, 라스릴이 그 뒤를 쫓았다. 집에 남은 사람은 백작뿐이었다. 그는 콧노래를 흥얼거리며 테이블에 앉아 고개를 끄덕였다. 그리고 자신의 천재성을 자화자찬했다. 물론 조금 더 일찍 사향소를 잡지 못해서 유감이긴 했지만, 이번 일로 그가 만든 1931년산 샤블리를 당해낼 자가 지구상에 없음이 증명되었다. 그는 포도주를 입안에 넣고 굴려서 오래 향을 음미했다. 가히 야생의 황소마저 사랑스럽고 온순하게 만들 만한 향이었다. 간밤, 그는 골짜기 끝에 포도주를 담은 작은 냄비를 놓아두었다. 울타리 안으로 사향소 무리를 유인하는 데는 포도주 반 양동이면 충분했다. 늙은 황소는 종알거리며 건초 위에 쓰러졌고, 양동이에 주둥이를 처박고 있던 암소들도 대부분 갈지자로 걸으며 젖먹이 송아지들에게 자기들이 느끼는 행복감을 나눠주었다. 백작은 폭력은 폭력만을 낳는다고 생각했다. 반대로 1931년산 샤블리는 인간 세상과 마찬가지로 짐승의 세상에도 최고의 기쁨을 선사했다.

할보르와 그림자

—

혹은 서로를 되찾은 할보르와 닐스
노인

할보르는 때로 마음을 불편하게 하는 우울한 감정에 휩싸였다. 우울은 급작스러운 치통처럼 순식간에 그를 사로잡았고, 영혼을 갉아먹으며 생각을 다른 곳에 집중하지 못하게 했다. 그런 날이면 증오의 화살이 자기 자신에게로 향해서 예전에 닐스 노인과 오스카 왕을 미워하던 때처럼 마음이 괴로웠다. 죄책감이라는 오랜 감정도 활기를 되찾고 뚫을 수 없는 두께로 할보르를 포위했다. 이렇게 그는 엘리자베스곳에서 보낼 수도 있었을 아름다운 날들을 과거 그를 사로잡던 정신착란 상태에 빠져 흘려 보냈다.

그는 가혹한 운명에 부식당하며 집 안에 머물렀다. 그리고 예전처럼 또다시 연민과 후회의 감정을 끌어안고 애타게 신의 이름을 불렀다. 하지만 신의 전지전능함도 그의 통제되지 않는 생각에 길을 터주지는 못했다.

어둡고 무겁기만 한 시기를 지나 보내고, 그는 친구들을 보러 연안 곳곳으로 여행을 떠나기로 했다. 어쩌면 친구들이 닐스 노인의 그림자를 멀리 내쫓아줄지도 몰랐다. 그림자…… 맞았다, 닐스 노인은 그림자가 되었다. 그리고 할보르의 발꿈치에 들러붙어서 가는 곳마다 따라다녔다. 그림자는 말만 안 했지, 느껴질 뿐 아니라 눈에 보이기까지 했다.

어느 저녁, 집 뒤편에서 석탄을 쪼갤 때였다. 다른 날과 달리 엘리자베스곶을 비추는 노란 달빛이 유난히 찬 저녁이었다. 도끼로 커다란 석탄을 결에 따라 쪼개는데, 석탄 조각 위로 미끄러지듯 천천히 움직이는 묵직한 반투명의 그림자가 보였다. 할보르는 놀라서 두리번거렸다. 하늘에는 구름 한 점 없었고 집과 산, 쌓아 올린 석탄 자루 어디에도 회색 그림자를 드리울 만한 게 없었다.

그림자는 석탄 위에서 흔들리며 거의 눈에 띄지 않는 속도로 윤곽을 드러냈다. 그러고는 닐스 노인으로 변해서 할보르의 가슴을 두방망이질 치게 만들었다. 뚱뚱한 배와 활처럼 굽은 짧은 다리, 사방으로 뻗은 수염, 당구공처럼 둥근 두상, 오스카 왕의 등을 건성으로 긁을 때 사용하던 짧은 담배 파이프…… 닐스 노인이 분명했다.

할보르는 너무 놀라서 숨을 헐떡이며 집 안으로 도망쳤다. 그리고 문에 쐐기를 박아 출입구를 단단히 봉인하고 의자에 주저앉았다. 도끼를 든 손이 부들부들 떨려왔다. 블랙커피를 마시고 월귤 향의 슈냅스를 두 잔이나 연거푸 들이켜고 난 후에야 마음이 진정된 그는 용기를 내어 집 뒤로 다시 가보기로 했다.

그림자는 아직 그곳에 있었다. 별채 오두막의 지붕에 납작하게 누워서 무성한 수염 위에 파이프를 올려놓은 채였다. 파이프에서는 담배 연기가 모락모락 피어오르고 있었다. 할보르는 잠든 그림자를 깨우지 않으려고 발꿈치를 들고 다가가 석탄 조각을 몰래 양동이에 담았다.

"이제 왔어? 나한테 고맙다고 하려고 온 거야?" 닐스 노인이 속삭였다. "지금까지 잘 살게 해줘서 고맙다고? 그래?" 할보르는 촉각을 곤두세우고 그림자의 말에 귀를 기울였다. 침착해야 했다. 닐스가 돌아왔다면, 가능한 한 좋은 관계를 유지하는 편이 나았다. 서로 멍에를 끌어주는 늙은 밭갈이 말처럼 사이좋던 시절도 있었으니 불가능한 일만은 아니었다. 할보르는 허리를 펴고 큰소리를 쳤다.

"닐스, 네가 거기 있으니까 아무것도 할 수가 없어. 걱정되잖아."

그림자가 살짝 움직이는 것을 보고, 할보르는 무언가 결심한 듯 양동이를 집어 들었다. "거기 그러고 있지 말고 나하고 같이 따뜻한 곳으로 들어갈까? 안 그럼 얼마 안 가 엉덩이가 얼어붙을 거야." 그는 그림자를 향해 고개를 끄덕이고, 조개껍데기처럼 눈을 반짝이며 문쪽으로 씩씩하게 걸어갔다.

할보르와 닐스 노인이 그날 밤 무슨 이야기를 나누었는지는 그 둘 외에는 아는 이가 없다. 할보르가 나중에 피오르두르에게 털어놓은 몇 마디로 그날 밤의 대화 내용을 짐작할 수는 있었지만, 충분한 숙성 기간이 지난 뒤 피오르두르가 친구들에게 이 놀라운 이야기를 전할 때까지는 철저히 베일에 가려졌다.

갑자기 날씨가 추워졌다. 밤이 되자 피오르와 만이 서로 부딪치며 얇게 쌓인 눈 위를 걷듯 바드득거리는 소리가 났다.

할보르는 엘리자베스곶에 잘 적응했다. 오두막은 크지 않았지만, 겨울을 나기에 부족함이 없었다. 방 하나에 화덕 하나, 식탁 하나, 의자 하나, 이부자리 하나가 전부였지만, 이 외에 딱히 필요한 것도 없었다. 닐스 노인과 둘이 생활했어도 크게 불편하지 않았다. 닐스는 의자와 이불을 사용하지 않았고, 밥을 달라고 떼를 쓰지 않았다. 그저 대부분의 시간을 벽에 달라붙어서 조용히 지낼 뿐이었다. 침대도 건드리지 않았다. 잘 때도 예의 바르게 바닥에 누워 잤다. 이렇게 편한 하숙생은 두 번 다시 만날 수 없을 터였다.

할보르는 돌아다녀도 될 만큼 얼음이 두껍게 얼었는지 확인했다. 이어 도끼로 얼음을 쳐서 톰슨곶에서 빌린 보트를 떼어내고, 널빤지 네 개와 올리브 비누, 지렛대의 도움으로 배를 해변으로 끌어올렸다. 그리고 바다표범 가죽으로 된 돈 스벤슨의 사냥용 스키를 주워 신었다. 닐스 노인이 같이 가겠다고 하면 함께 여행을 떠나기 위해서였다.

중위의 딱한 처지

—

우리는 이번 장에서 한센에게 연민을 느끼게 된다. 그리고 예기치 않은 공격에 굴복당한 때에는 해당 분야에 정통한 사람에게 도움을 요청해야 한다는 사실을 배우게 된다

로이비크와 페데르센은 집에 없었다. 식탁에 놓인 메모지에는 죽은 자들의 만에 여우 덫을 놓으러 가는데, 최소한 보름은 걸릴 거라고 적혀 있었다. 기다리다 못해 할보르에게 전하는 메시지였다.

할보르는 화덕에 불을 지피고 고기를 삶아 먹었다. 그리고 로이비크의 이불을 덮고 잠을 청했다. 잘 자라는 인사에 닐스 노인의 그림자가 식탁에 누워 고개를 끄덕였다. 그러고는 곧바로 깊은 잠에 빠져들었다.

다음 날, 할보르와 닐스 노인의 그림자는 모터보트

의 상태도 볼 겸, 톰슨곶을 향해 길을 나섰다. 흥미롭게도 기지 대장은 혼자 집을 지키고 있었다. 동료와 심하게 다투고 나서, 빌리암이 화를 못 참고 가출한 탓이었다.

할보르가 살살 구슬리자 매스 매슨이 힘들게 입을 열었다. 그의 말에 따르면 새로 산 파이프가 비극적 최후를 맞아 빌리암이 자기 걸 빌려주기로 했지만, 갑자기 마음을 바꾸었고, 매스 매슨이 궁핍함을 견디지 못하고 빌리암의 파이프를 강제로 빼앗다가 결국 주먹다짐을 벌였다.

동료를 때린 것도 모자라 파이프도 손에 넣지 못한 매스 매슨은 풀이 잔뜩 죽어 있었다. 그가 절망적인 얼굴로 말했다.

"담배를 마음껏 피울 수 있었다면, 적어도 그런 미친 짓은 안 했을 거야. 너무 후회돼. 견디기 힘들어. 이젠 정말 담배를 피울 수 없게 됐잖아. 참, 할보르, 너 혹시 담배 안 피워?"

할보르가 고개를 저었다. "난 담배 맛을 안 좋아해. 닐스는 낮이고 밤이고 소방관처럼 담배 연기를 뿜어댔지만."

매스 매슨이 험악한 눈으로 할보르를 노려보았다.

"닐스 노인이 담배를 너무 피우긴 했어. 하지만 그건 벌써 옛날 일이야. 말해봤자 내 문제를 해결해주지는 않아!"

"그러네, 네 말이 맞아." 할보르는 매스 매슨이 닐스 노인의 그림자를 못 본다는 사실을 알았다. 그러므로 굳이 이야기를 꺼내서 관심을 끌 필요는 없었다. 매스 매슨과 검은 머리 빌리암의 싸움에 관해서는 어느 쪽의 편도 들고 싶지 않았다. 누구 편에 서는가는 빌리암의 말을 들어본 뒤에 결정할 일이었다. 할보르는 절망에 빠진 매스 매슨의 마음을 달래며 한동안 톰슨곶에 머물기로 했다. 톰슨곶에 있다가 가출한 빌리암이 가 있을 핌불기지로 여행을 떠날 생각이었다.

"적당한 때 같이 밸프레드와 중위 집에 가보자. 여행은 늘 문제를 해결해줘."

할보르가 매스 매슨에게 말했다. "두고 보면 알겠지." 매스 매슨은 할보르가 말한 '적당한 때'가 언제인지 몰랐다. 그는 하루빨리 빌리암을 데려오고 싶은 마음뿐이었다. 그래서 건성으로 대답했지만, 마음은 이미 빌리암을 되찾을 생각에 들떠 있었다.

사람들은 훗날 그해를 두고 이렇게 말할 터였다. 우

르드*와 스쿨드,** 베르단디,*** 이 세 여신이 그린란드 북동부에 사는 주민들의 운명의 실타래를 헝클어서 모든 게 뒤죽박죽된 해였다고 말이다. 그해 여신들은 위그드라실**** 아래서 오리처럼 깍깍대며 물장구치고 수다를 떠느라 바빴다. 그러다 가끔 실에 사악한 골칫거리를 뒤섞어서 가엾은 사람들의 운명을 뒤바꾸는 실수를 저질렀다.

여신들이 그린란드 북동부에서 저지른 첫 번째 '운명을 뒤바꾸는 실수'는 매스 매슨의 파이프와 관련된 것이었다. 두 번째 실수는 톰슨곶에 사는 이들에게 다툼의 원인을 제공한 빌리암의 가공할 인색함이었다. 이 싸움으로 빌리암은 인공치아 한 개와 새것과 다름없는 셔츠를 못 쓰게 됐다. 마지막은 빌리암이 톰슨곶에서 도망쳐 핌불로 간 것이었다. 이 일은 본의 아니게 여신들의 실수를 돕는 일이 되고 말았다.

———

* 북유럽신화에서 운명을 관장하는 세 여신 중 한 명으로 과거의 화신.
** 운명을 관장하는 세 여신 중 한 명으로 미래의 화신.
*** 운명을 관장하는 세 여신 중 한 명으로 현재의 화신.
**** 거대한 물푸레나무로, 우주를 뚫고 솟아 있어 우주수라고도 한다.

앞으로 상세히 다룰 이번 이야기는 그해 연속적으로 일어난 날고 기는 사건 중 절정에 달하는 것이었다. 이에 화자는 언제나 그랬듯 북위 71도와 76도 사이에서 벌어진 사건을 정확히 보도하기로 했다.

할보르의 그린란드 북동부 귀환이 자칫하면 닐스 노인에 관한 이야기에 치중될 수 있었지만, 사실 그해는 여성을 위한 해였다. 남자들만 사는 나라에서 갑자기 웬 여자 타령인가 하겠다. 펭귄과 봉우*의 동거처럼 뜬금없는 소리 같을 테니 말이다.

여성의 해라는 이 엉뚱한 표어는 한센 중위가 보여준 예상외의 담대함이 초래한 것이었다. 굳이 부풀려 말하지 않아도, 해변이 여자로 붐비는 시대는 그린란드 북동부에 과거에도 없었고, 미래에도 없을 것이지만, 다른 한 편으로는 비행기 고장과 라스릴이 상상 속에서 선사시대의 그림자와 함께 생활하기 시작한 것과도 관련이 있었다.

한센 중위는 시청에서 울리는 자명종 시계만큼 시간을 잘 지키는 사람이었다. 정확히 아침 7시 30분이 되면

---

* 아프리카 및 마다가스카르에 널리 서식하는 등에 혹이 있는 소

대뇌엽이 밤이 끝났다고 양다리에 알렸고, 다리는 신호를 받자마자 순간적으로 침대 위로 들렸다가 천천히 바닥으로 내려왔다. 그날도 그랬다. 중위의 다리가 바닥에 닿는 미세한 소리에 밸프레드가 이층 침대에서 이불을 뒤집어쓴 채 자다 말고 뭐라 중얼거렸다. 주방의 기다란 의자에서 자고 있던 빌리암도 슬며시 미소 지었다. 늘 그랬듯, 한센이 무릎 굽혀 펴기를 하며 주방으로 간 까닭이었다.

중위는 매일 아침 잠옷 차림으로 주방에 가서 재에 석탄 가루를 한 줌 뿌려 잉걸불을 되살아나게 하고, 굴뚝과 연결된 톱니 모양의 통풍구를 활짝 열었다. 그리고 꽁꽁 언 주전자를 데워서 커피를 끓였다.

한센은 아침 의식을 한차례 끝내고 잠옷을 벗어 던졌다. 이어 누런 사각팬티 한 장만 걸친 채 양말을 신고, 콧수염 커버를 장착한 채 아침 체조를 시작했다. 운동은 건강에도 좋았지만, 얼음처럼 차가운 실내에서 몸을 덥힌다는 장점이 있었다.

한센은 한 발 뛰기로 종종거리며 끓는 물 쪽으로 천천히 다가갔다. 이것으로 그의 아침 운동이 끝날 듯 보였다. 하지만 아니었다. 그는 파란색 법랑 커피포트에 끓는 물을 부을 때까지도 껑충거리며 제자리 뛰기를 멈

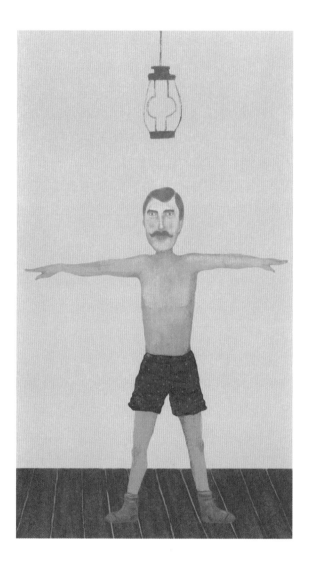

추지 않았다. 그가 뜀뛰기를 멈춘 것은 밸프레드가 제비
꽃 색으로 물든 코를 킁킁거리며 슬며시 눈을 뜬 다음
이었다.

"세상에……." 놀란 듯 밸프레드가 게으름을 피우
며 중얼거렸다. "빌리암, 한센이 얼마나 착한지 봤지? 커
피를 끓이려고 저렇게 제일 먼저 일어났어."

한센은 커피포트를 식탁에 올리고 빵 상자에서 손수
만든 빵을 꺼냈다.

"거기 이불 속 두 사람, 얼른 일어나서 체조를 시작해!
어서 뛰어!" 밸프레드도, 손님도 영원히 얻지 못할 부지
런함을 가졌다는 생각에 한센이 우쭐해서 명령을 내렸
다. 아침 7시 30분에 용감하게 솜이불을 박차고 나와 식
탁 둘레를 뛰는 사람은 그 말고 없었다.

"헤헤." 밸프레드가 웃으며 농담했다. "한센, 오늘
아침 체조는 단념해. 빌리암이 이렇게 이른 시간에 말짱
할 리 없잖아. 그래도 아침 식사는 같이 먹어줄게. 대신
빵에 월귤 잼을 발라서 네 조각만 이리 던져줘."

한센 중위가 빵에 잼을 바르고 커피와 함께 기지 대
장의 침대로 가져갔다. 이에 밸프레드는 기꺼이 쿠션을
등에 받치고 앉아서 열렬한 감사의 뜻을 밝혔다. 빌리암
을 잠에서 깨워 소생시키기란 불가능해 보였다. 그는 행

복한 꿈을 꾸는 어린애처럼 잠을 자며 줄곧 고양이 울음소리를 냈다.

"한센, 고백할 게 있어." 밸프레드가 입안 가득 월귤 잼을 물고 말했다. "너처럼 멋진 동료는 처음이야. 너는 너무 훌륭해." 그가 커피를 한 모금 마시고 존경스러운 눈으로 중위를 바라보았다. "어떻게 매일 아침 이렇게 같은 시간에 일어날 수 있지? 놀라워. 일반 사람들에게는 쉽지 않은 일이야. 세상 어느 누가 너처럼 쉽게 침대를 빠져나올 수 있겠어? 악마가 씌지 않고는 불가능해. 그런데 한센, 우리끼리니까 하는 말인데, 솔직히 말해봐. 아침에 일어나며 망설인 적이 정말 한 번도 없었어?"

"밸프레드, 별거 아니야." 한센이 겸손하게 대답했다. "군대 훈련이 몸에 배서 그래. 거기선 규율이 최우선이거든."

"아, 맞아, 네가 벌써 말했었지." 밸프레드가 자상한 얼굴로 고개를 끄덕였다. "규율은 여러모로 쓸모가 많아. 누구에게든 적용할 수 있으니까. 너도 알겠지만, 세상에는 습관이 다른 사람이 많아. 그런데 습관은 쉽게 바뀌는 게 아니지. 그래서 이제 와 드는 생각이지만, 습관도 일종의 규율에 속하는 게 아닐까 해. 넌 어떻게 생각해?"

중위가 생각에 잠겨 식탁을 내려다보았다. 그는 밸프

레드의 잠버릇을 규율의 범주에 들일 수 있는지 의문이었다. 하지만 아무리 생각해도 이거다 싶은 답이 나오지 않았다. 한 가지는 확실했다. 그것은 잠에서만큼은 밸프레드에게 특별한 규칙이 있다는 것이다. 첫째, 밸프레드는 아침 10시 이전에 일어나는 법이 없었다. 둘째, 정오와 오후에는 반드시 낮잠을 자야 했다. 셋째, 매일 이른 저녁 잠자리에 들었다. 그렇게 생각하니 규율에 포함될 듯싶기도 했다. 그런데 관점을 달리하면 다른 답이 나왔다. 프레데리시아 병영에서는 밸프레드의 습관이 규율이 아닌 게으름으로 치부될 것이기 때문이었다.

중위는 식탁을 치우고 밤새 소화되고 남은 잔재를 세상에 내놓으려 밖으로 나갔다. 밸프레드는 만족스러운 듯 숨을 크게 들이쉬고 이불 위로 쓰러졌다. 그러고는 느릿느릿 입을 오물거리며 이불을 머리 위까지 끌어올려 중단되었던 잠의 세계로 빠져들었다. 한센이 아침 식사로 내준 음식이 그의 잠을 어려움 없이 정오까지 이어지게 했다. 기쁘게도 방광의 문제도 더는 없었다.

한센이 집 밖으로 나갔을 때는 날이 아직 어두웠다. 그렇다고 날이 밝는다는 말은 아니었다. 별과 달이 태양과 교대해서 역할을 제법 잘 수행하는 시기이기 때문이었다.

어두운 시기는 한센을 불편하게 하지 않았다. 사실 한센 중위는 기대할 게 전혀 없이 하루하루 조용히 지나는 이 계절을 좋아했다.

봄은 아직 멀었다. 따라서 즐거운 일도 없었다. 여름은 자잘한 기쁨을 몰고 왔지만 황당하게도 왔는가 싶으면 그새 지나갔다. 가을도 마찬가지였다. 가을은 아예 없는 것과 다름없어서 생각할 거리도 못 됐다. 그러니 남는 건 어둠의 시기뿐이었다. 이 시기가 오면 말 그대로 순간을 살았다. 하루가 가면 또 하루를 살고, 과거도 미래도 없이 이 순간에서 저 순간으로 이동했다.

요컨대, 핌불에서의 시간은 한센이 지난가을 도브만에서 회중시계를 잃어버리고 난 뒤로 추상적인 현상이 되었다. 해가 뜬 동안에는 한센의 머릿속에 저장된 자동 알람에 맞추어 시간을 짐작했지만, 해가 지고 난 이후는 시간과 무관하게 삶이 진행되었다. 그래도 달 수와 연도는 알았다.

한센 중위는 콩팥에서 전해지는 쾌감을 느끼며 몸을 떨었다. 이어 배뇨 기관을 흔들어 털고 주섬주섬 바지 속으로 집어넣었다. 그때였다. 초원에 불이 붙듯, 척추를 따라 후끈한 기운이 올라와 순식간에 온몸으로 번졌다. 그는 추위에 곱은 손가락으로 바지 단추를 다시 풀었다. 불에 덴 듯 아랫도리가 화끈거렸다. 눈을 크게 뜨고 신체 일부를 살피던 그가 놀라 쉰 목소리로 중얼거렸다.

"맙소사!" 한센은 꼼꼼하게 자기 몸을 검사했다. "빌어먹을, 이게 지금 왜 이래?"

손가락이 녹았는데도 바지 앞섶의 단추를 채우기가 힘들었다. 그가 한쪽 눈으로 주변을 힐끔거리며 혼잣말을 했다.

"봄이었다면 이럴 수 있어! 하지만 지금은 어둠의 시기야! 이러면 곤란해."

그는 갑자기 크기가 변한 자기 물건에 거부감을 느꼈다. 그리고 눈사람처럼 뻣뻣한 걸음으로 얼마 전 지옥의 신부가 폭파한 집 근처 탄약 저장고로 향했다. 이어 들보에 쌓인 눈을 손으로 털어내고 앉고는 자기에게 무슨 일이 일어났는지 곰곰이 생각하기 시작했다.

날씨가 추웠지만, 후광처럼 몸을 감싸는 거센 기운에 정신이 팔려서 한센 중위는 추위를 전혀 느끼지 못했다. 눈 위로 솟은 들보에 걸터앉아, 그는 허리띠 밑에서 가르랑거리며 들려오는 야릇한 소리에 귀를 기울였다. 그리고 평소의 습관대로 적을 염탐하기 시작했다.

적은 놀라운 속도로 그를 사로잡고 신체 중 가장 사적인 영역을 포위했다. 순식간에 점령당한 이 영역은 주인이 자기 몸과 맺어온 온갖 협약을 깨기 시작했고, 적의 공격에 반격하려던 그의 계획은 뇌에서만 작용할 뿐 이렇다 할 위세를 떨치지 못했다. 한센은 결국 관능적이고 음란한 여러 생각에 백기를 들었다. 프레데리시아 병영에서는 배운 적 없는 심리전이었다. 이윽고 후끈한 기운이 아이슬란드 스웨터를 뚫고 강렬한 황홀경 속으로 그를 데려갔다. 한센은 어두운 하늘에 시선을 고정한 채 콧구멍을 벌름거리며 공략당한 신체 부위에서 찌릿찌릿 전해지는 쾌감을 만끽했다. 둑이 무너지며 반격을 가하려던 생각이 말끔히 사라졌다. 한센은 폐허가 된 탄약 창고의 들보에 앉아 그가 알던 먼 세상으로 실려 갔다. 그러자 보는 이를 압도하던 핌불산의 웅장한 자태가 둥글고 부드러운 여자로 변했다. 얼음으로 뒤덮여 파랗게 반짝이던 피오르도 뜨겁게 고동치는 여인의 매끄러운 피부로 뒤바뀌었다. 머릿속에서는 훗날 그가 '프레데리시아 병영에서 혐오스러운 비둘기들이 특정 기간에 내는 울음소리 같다'고 표현한 소리가 흘러나왔다.

점심 식사 한 시간 전, 밸프레드와 빌리암이 한센을 찾아 밖으로 나왔다. 한 사람은 커피포트를, 한 사람은 찻잔 세 개와 월귤주를 들고 있었다. 그때도 한센은 폐허 속에 앉아 여전히 몽상에 잠겨 있었다.

"안녕, 안녕, 귀여운 한센. 헤, 헤, 오늘은 철학을 하느라 굉장히 바빠 보이네." 밸프레드가 들보에 커피포트를 내려놓았다. 한센은 멀찌감치 떨어져 앉아 콧수염을 위아래로 흔들며 고개를 끄덕였다.

빌리암이 찻잔을 나눠주었다. 알겠다는 듯 밸프레드와 빌리암의 시선이 교차했다.

"받아, 오전 11시의 커피와 간식이야." 검은 머리 빌리암이 말했다. 그는 커피를 잔에 따르고 증류주를 부어 희석했다. 이어 깊은 침묵이 세 사람 사이에 감돌았다. 밸프레드는 불필요한 말을 하는 사람이 아니었고, 빌리암은 어쨌거나 손님에 불과해서 입을 다물고 조심스럽게 중위의 눈치를 살폈다. 중위는 혼자 싸워야 할 일에 골몰한 듯했다. 두 번째 잔이 비워지고, 밸프레드와 빌리암은 더없이 공손한 자세로 찻잔과 커피포트, 술병을 챙겨서 집으로 돌아갔다.

정오가 되었지만, 한센 중위는 여전히 폐허에서 돌아오지 않았다. 밸프레드는 걱정이 되었다.

"젠장, 현기증만 아니면 좋겠네." 그가 빌리암에게 말했다. "집에서 앓기에는 지랄 같은 병이잖아."

빌리암이 동의의 뜻으로 고개를 끄덕이며 말했다. "그래도 현기증은 전염성이 없어. 그게 어디야."

밸프레드가 귀를 긁었다.

"아냐. 사실은 현기증도 어느 정도 전염될 위험이 있어. 여하튼 분위기가 심상치 않네. 빌리암, 이런 종류의 현기증은 주변 사람들이 힘들어. 꿈꾸며 그냥 앉아만 있으니까. 차라리 잠시 종적을 감췄다가 맑은 얼굴로 돌아오는 게 나아."

밸프레드가 맥주잔을 가져왔다. 물이 채워진 잔에는 틀니가 담겨 있었다. 그는 틀니를 꺼내 낄 생각이었다. 그런데 다른 생각에 정신이 팔려서 틀니를 담가둔 물을 마시고 말았다. 그래도 의치를 입에 넣는 소기의 목적은 달성했다. 그가 식탁에 앉으며 말했다.

"옛날에 현기증에 걸린 놈을 알아. 녀석은 하우나에 살았어. 닐스 노인과 할보르가 살기 전이었지. 좀 이상한 놈이었는데 혼자 살다가 현기증에 걸렸어. 아무도 모르는 사이에 현기증이 놈을 점령해버린 거야. 그런데 어느 날 밤, 녀석이 사라졌어. 현기증에 완전히 사로잡혀서 달아난 거지."

"어디로?" 빌리암이 흥미로운 듯 물었다.

"그건 아무도 몰라. 사라지기 며칠 전, 로이비크의 집에 온 적이 있지만, 그때에도 그냥 헛소리를 지껄이다가 괴상한 소원을 몇 개 든 게 전부였으니까. 로이비크는 당연히 녀석의 말을 귀담아듣지 않았고, 나중에야 우린 녀석이 어떤 격정에 시달렸는지 알았어. 누구나 침략당할 수 있는 그런 격정이었지."

"아, 그런 거라면 나도 좀 알아." 빌리암이 농담조로 말했다. "태양이 다시 보이는 시기에 매년 나도 같은 격정에 시달리니까. 그럴 때면 난 남쪽 곳으로 가서 다리 사이가 무사한지 점검해."

밸프레드가 고개를 저었다. "빌리암, 넌 몰라. 녀석은 그 정도의 격정이 아니었어. 여하튼 놈은 썰매에 보트를 싣고 오스카 왕의 피오르로 가서 바다로 나갔어. 그리고 개들을 집으로 돌려보내고 아이슬란드를 향해 노를 저었어. 놀라웠지. 시워츠가 개들을 발견하고 썰매 흔적을 쫓아갔지만, 놈이 이미 사라지고 난 뒤였어."

빌리암이 시무룩한 표정으로 테이블을 내려다보았다. "그런 현기증은 너무 슬퍼. 시신은 찾았어?"

"시신?" 밸프레드가 어리둥절한 표정으로 빌리암을 보았다. "빌리암, 하느님과 예수님은 착하셔. 저 위에서 우리를 늘 굽어살펴주시지. 무슨 얘긴가 하면, 녀석이 이듬해에 베슬 마리호를 타고 돌아왔다는 말이야. 놈이 아이슬란드로 간 이유도 저항하기 힘든 과자의 유혹에 빠져서였어. 설탕과 버터가 잔뜩 들어간 덴마크 과자 생각에 사로잡혀 있다가 한밤중에 현기증을 느끼고 길을 떠난 거였지. 아, 중위의 현기증도 딱 그 정도면 좋겠다."

"왜 저러는지 얘길 들어봐야겠어." 빌리암이 말했다. 그런 몹쓸 병 때문에 수많은 선량한 이가 지금 땅속에 처박혀서 민들레 뿌리나 갉아 먹고 있잖아. 중위까지 그러게 둘 순 없어."

밸프레드는 자리에서 일어나 찬장에 있던 사향소 고기를 꺼냈다. "그래, 맞아. 약간의 현기증은 언제든 우릴 찾아올 수 있어. 일찍 오냐 늦게 오냐의 차이만 있지. 한센도 마찬가지야. 그래도 일찍 정신을 차리는 게 좋아. 그러려면 종기를 터뜨려야 해."

검은 머리 빌리암이 석탄 양동이를 집어 들었다. "스테이크를 굽는 동안 물과 석탄을 가져올게. 그런데 한센이 바깥에 너무 오래 있는 거 아니야? 저러다가 엉덩이가 얼어붙어서 들보를 이고 오겠어."

스테이크가 구워지자 밸프레드는 중위를 만나러 갔다.

"한센, 바쁘더라도 집에 와서 밥 먹어. 겨자 소스를 곁들인 따뜻한 비프스테이크와 양조 맥주, 화주를 준비했어. 상은 다 차려놨으니까 와서 먹기만 하면 돼."

중위는 오랜 친구를 향해 천천히 고개를 돌렸다. 부

음이라도 들은 사람처럼 서글픈 얼굴로 고개를 끄덕였다. 이어 천천히 일어나더니 여러 차례 몸을 떨어서 밸프레드로 하여금 추워서 그렇다는 착각을 하게 했다. 그러고는 엉덩이를 묘하게 뒤로 빼고 뻣뻣한 걸음으로 집쪽으로 걸었다. 밸프레드는 중위의 뒤를 바짝 쫓으며 평소와 다른 뒤태를 살폈다.

마침내 모두가 식탁에 앉았다. 한센은 긴 의자 뒤로 촛대처럼 뻣뻣하게 몸을 젖히고 기계적으로 음식을 입에 넣었다. 밸프레드도, 빌리암도 자리에 없다는 듯 보지도 않고, 말도 걸지 않았다. 식사하는 내내 추운 사람처럼, 수없이 몸을 떨기만 했다.

밸프레드가 눈을 찡그렸다. "한센, 어디 아픈 건 아니지?"

잠시 후, 한센이 밸프레드 쪽으로 고개를 돌렸다. 밸프레드는 한센의 눈을 보고 깜짝 놀랐다. 검은 총구를 연상시키는 또렷하기만 하던 눈매가 말 못 할 무언가에 침략당해 초점을 잃고 애처롭게 젖어 있었다.

한센은 나이프를 내려놓았다. "아파, 밸프레드." 그가 갈라지는 목소리로 말했다. "나는 아파. 그리고 나쁜 놈이야. 몸이 너무 이상해."

"예를 들면 어떻게 이상한데?"

밸프레드가 엄지손가락에 묻은 기름을 핥으며 물었다. "어디가 어떻게 아파?"

"아, 진짜 아픈 건 아니고, 내 상태를 말하자면, 고통과는 반대야." 중위가 대답했다.

"하! 병이 나서 좋다는 말이야?"

"그런 건 아니야." 중위는 아득한 눈으로 친구들을 바라보았다. 그리고 엉덩이를 앞으로 조금 내밀고 좌우로 몸을 흔들었다. "아, 아니……." 그가 속삭였다. "굳이 설명하자면 그런 것 같기도 해."

한센은 온종일 침대에 누워 있었다. 밸프레드가 그를 애지중지 떠받들며 커피와 빵을 가져다 먹이는 동안, 빌리암은 베슬 마리호에서 훔쳐 온 책의 한 구절을 소리 내어 읽었다. 제목은 『불성실한 노예』로 모두에게 큰 도움이 되었다. 한센이 무엇에 고통받는지 알게 된 것은 저녁이 다 되어서였다.

"오늘 아침의 일이야." 그가 설명했다. "나는 전혀 준비가 안 돼 있었어. 무슨 말인지 알겠어? 말하자면 이래. 방어도 못 하고 완전히 점령당했어."

밸프레드는 침대 곁으로 의자를 끌고 왔다. 그런 다음, 두꺼운 양말 차림의 발을 아래층 침대에 올리고 뚱뚱한 배 위로 양손을 마주 잡았다. 빌리암은 식탁에 앉아서 『불성실한 노예』의 표지를 만지작거렸다.

"빌어먹을!" 밸프레드가 중얼거렸다. "한센, 뭐하고 싸우는지 말해줘야지. 혹시 배꼽 밑에 관한 거야? 그런 거라면 좀 뭐해도 부시맨보단 나아."

"부시맨?" 중위는 놀란 눈으로 밸프레드를 내려다보았다.

"응, 부시맨." 밸프레드가 고개를 끄덕였다. "옛날에 슬라겔세에 살 때, 아프리카를 여러 번 여행한 선원을 알았어. 그가 그랬어. 아프리카에서 부시맨을 만났는데 너랑 똑같은 상태로 계속 산다고. 무슨 말인지 알겠어? 말하자면 안 접히는 우산인 채로 사는 거야." 밸프레드가 입안을 헹군 물을 석탄 상자에 뱉으며 우아한 아치를 그렸다. "그런데 여기랑 저 아래는 기후가 완전히 달라."

"기후?" 이번에는 빌리암이 놀란 눈으로 밸프레드를 쳐다보았다. "기후가 어떻게 다른데, 밸프레드?"

"음, 알다시피, 아프리카는 1년 내내 날씨가 더워. 내가 알고 지냈다는 선원이 말했는데, 부시맨이 사는 사막은 기름이 끓는 프라이팬과 같다고 했어. 염병할 일이지. 모래 위에 달걀을 떨어뜨리면 줍기도 전에 단단하게 구위진다고 했거든.”

“그런데 그게 내 병과 무슨 상관이야?” 중위가 침대 끝에 매달려 고개를 아래로 내리고 밸프레드를 응시했다.

“아무 상관 없어.” 밸프레드가 대답했다. “그냥 이해를 도우려고 한 말이니까. 알다시피, 여기서는 추위 때문에 그게 거의 안 보일 정도로 오그라들잖아. 부시맨들이 왜 그런 병을 만성적으로 달고 다녀야 하는지 이로써 설명되는 거지. 1년 내내 삼복더위 속에 사니까 그런 병에 걸리는 거야. 한센, 그런 의미에서 넌 대단히 희소한 병에 걸렸어. 여기서 그런 병에 걸린 사람은 아마 네가 처음이자 마지막일걸. 내 말이 맞을 거야. 믿어도 좋아. 어때, 그렇게 생각하니까 기분이 조금 나아진 것 같지 않아?”

중위는 머리를 살짝 들어 올리고 이불 속을 힐끗 들여다보았다. “아니, 전혀.” 그가 한숨을 내쉬었다. “밸프레드, 난 이제 어떻게 하냐?”

밸프레드가 자리에서 일어났다. 그러고는 기름에 절인 청어리 통을 가져다 칼로 뚜껑을 열고, 천천히 맛을 음미하며 앉은자리에서 몇 마리를 해치운 뒤 깔끔하게 청어리기름까지 쭉 들이켜고는 의자에 등을 기대고 말했다.

“한센, 이건 좀 말하기 뭣한 문제야. 자기 혼자 해결해야 할 일이니까. 안됐지만 밀가루를 반죽한다고 생각해. 다른 방법이 없어. 성공해서 나으면 웃긴 병으로 취급할 수 있을 거야.”

한센의 몸이 이불 속에서 뻣뻣해졌다. 그가 눈을 감고 대답했다. “밸프레드, 나한테 자위를 하라고? 그런 일은 없을 거야. 수음은 청각 장애를 일으키고, 뇌를 쪼그라들게 해.”

밸프레드가 이마를 살짝 두드렸다. “아, 그래? 그건 나도 몰랐어. 그럼 큰일이네. 남동풍에 맞서 달릴 수도 없고. 어쩌다 이 지경까지 오게 됐어? 사전에 막았으면 좋았을걸.”

“막을 틈이 없었어.” 중위가 반박했다. “갑자기 습격을 당해서 나도 놀랐으니까. 아, 맞다. 수산화나트륨!”

이번에는 밸프레드가 놀란 표정으로 고개를 들었다. “수산화나트륨?” 그가 반문했다. “그걸로 뭘 하려고?”

“내 기억이 맞는다면, 군대에서는 병사에게 줄 음식에 약간의 수산화나트륨을 넣어. 몸의 열을 식혀주거든.” 중위가 말했다. “밸프레드, 우리 집에 수산화나트륨 있지?”

빌리암이 벌떡 일어났다. “여기 살 때 내가 사둔 게 있어. 밸프레드, 내 기억이 맞는다면 다락 안에 아직 남은 게 있을 거야."

한센은 사흘간 수산화나트륨 요법을 시행했다. 처음에는 극소량으로 시작해 조금씩 복용량을 늘려갔다. 그 결과 몸속이 깨끗해져서 새로워진 기분이 들었다. 그는 토하다 위경련을 일으키고, 위경련을 일으키다가 또다시 토했다. 수산화나트륨 요법은 그를 나긋나긋하고 무기력하게 만들었다. 그러나 깃털 이불 아래서 공처럼 부푼 그의 신체 일부에는 효력을 내지 못했다. 사흘째 되던 날, 마침내 그들은 수산화나트륨 요법을 포기했다. 밸프레드와 빌리암은 한센이 과한 휴식을 취하는 동안 식탁에 앉아 병의 치료책을 본격적으로 모색했다.

"빌어먹을! 너무 복잡해!" 빌리암이 말했다. "차라리 이걸 병이라고 생각하지 말고 정상으로 받아들이면 어떨까? 적당히 밝은 데서 보면 별거 아닐지도 모르잖아."

밸프레드는 이를 닦는 중이었다. 그는 틀니를 테이블 위에 올려놓고 커다란 칼로 기다란 고기 힘줄을 조심스럽게 빼냈다. "어떻게?" 그가 물었다. 빌리암이 말을 이었다.

"예를 들면 이런 거야. 사실은 나도 1년에 최소 두 번은 저런 상태에 빠져. 안에서 부글부글 끓다가 비등점에

오르면 더 못 견디고 분출돼서 그게 바지 위로 불끈 솟구쳐." 빌리암이 식탁 위에 손을 올려놓았다. 그리고 재미있다는 표정을 지으며 양손을 바라보았다.

"할 수 있어. 밸프레드 말처럼 한센을 도울 수 있을 거야. 그러니까 어느 정도만, 어떤 지점까지만 한센을 돕는 거지. 너무 즐기지만 않으면 돼. 그러면 한센도 그렇게 괴롭지만은 않을 거야. 나만 해도 남쪽 곳에 다녀오면 잠깐씩 그러거든. 게다가 너도 알겠지만, 거기에는 이런 종류의 병을 고친 경험이 많은 상냥하고 사랑스러운 공동체가 있어."

밸프레드가 틀니를 들어 빛에 비춰 보았다. 그러고는 만족스러운 듯 고개를 끄덕였다. 그가 조용히 말했다. "빌리암, 다 맞는 말이야. 남자라면 누구든 한센의 지금 상태를 자랑스러워하겠지. 하지만 이 경우는 좀 달라. 다른 사내들과 달리 한센의 것은 시들지 않으니까. 군이 도덕적 문제를 들먹이지 않는다고 해도 녀석에게는 고문일 거야."

빌리암은 밸프레드가 무슨 말을 하는지 알 것 같았다. 그가 한센이 신음하며 누운 이층 침대를 딱한 얼굴로 바라보았다.

"젠장, 밸프레드!" 빌리암이 느닷없이 탄성을 질렀다.

"다 필요 없고, 남쪽 곶에 가자. 갑자기 생각난 건데, 저 아래 남쪽 곶에 내가 아는 산파가 한 명 있어. 꽃다운 나이에 남편을 잃고 혼자서 자식 넷을 키우는 여자야. 어쩌면 그 여자가 한센의 병에 관해 아는 게 있을지도 몰라."

밸프레드가 고개를 끄덕였다. 그러고는 수염을 가슴께까지 늘어뜨린 채 고민했다. 두 남자 사이에 긴 침묵이 흘렀다. 잠시 후, 빌리암이 물었다.

"밸프레드, 자?"

"오, 아니야! 산파를 생각했어. 그런데 그렇게 여행을 오래 하면 한센이 너무 힘들지 않을까?"

빌리암은 자리에서 일어나 매스 매슨이 해답을 찾아 고심할 때와 똑같이 서성이기 시작했다. 그러더니 갑자기 밸프레드 앞에서 멈춰 서서 커다랗게 외쳤다. "밸프레드! 좋은 방법이 생각났어! 한센을 위해 내가 직접 산파에게 다녀올게."

밸프레드가 깨끗하게 닦은 틀니를 보란 듯 드러내며 미소 지었다. "매스 매슨이 널 때린 걸 신에게 감사해야겠어. 안 그랬으면 넌 지금 여기 없을 테니까." 그가 다정하게 말했다. "빌리암, 정말 그렇게 해줄 수 있어?"

"그럼. 나를 위한 기쁨이기도 해. 평소보다 조금 일찍 봄맞이 청소를 한다고 생각하면 되니까. 내일 당장 가서 산파를 데려올게."

밸프레드의 고개가 다시 가슴 위로 떨어졌다. 그가 희미한 소리로 중얼거렸다. "빌리암, 그런데 벌써 내일이 온 것 같아."

"진짜?"

빌리암이 창밖을 내다보았다. 사방이 어두웠다. 그가 검은색 수염을 손가락으로 쓰다듬으며 단호한 어조로 말했다.

"알았어. 오늘 떠날게. 중위를 구해야지."

한센 중위의 상태는 변함이 없었다. 병은 단단히 교두보를 세우고 장기전에 돌입했다. 낡은 콧수염 덮개로 한껏 부푼 끝부분을 보호했지만, 고통이 밤낮으로 며칠을 이어졌다.

이 사건을 시작으로 집 안이 이전과 정반대 방식으로 운영되었다. 지금은 아침에 제일 먼저 일어나 커피를 끓이는 사람이 밸프레드였고, 침대에서 음식 대접을 받는 사람은 중위였다. 밸프레드가 아침 식사를 쟁반에 담아 오며 불행한 사내를 위로했다.

"한센, 조만간 괜찮아질 거야. 빌리암이 이런 일에 능통한 사람을 찾으러 갔어."

"이런 일에 능통한 사람이라니?" 중위가 물었다. "그게 누군데? 빌리암이 닥터를 데리러 갔어?"

"닥터보다 더 유능한 사람이 있어." 밸프레드가 킬킬거렸다. "빌리암이 남쪽 곳에 아는 산파가 있다고 했거든. 꽃다운 나이에 남편을 잃고 자식을 넷이나 키우는 과부래."

"그래서?" 중위는 최악의 상황을 생각하며 커피에 시선을 고정했다.

"그래서 빌리암이 그 여자를 데리러 갔어."

중위는 놀라서 몸을 일으켰다. "산파가 여기 올 거라고?" 그가 소리쳤다. "나는 애를 낳는 게 아니야. 그런데 왜 산파가 필요하지?"

"한센, 흥분하지 마." 밸프레드가 의자를 침대 근처로 끌어다 놓고 앉았다. "그런 여자는 아랫도리에 대해 훤히 알아. 나를 믿어. 출산이든 너 같은 상태든 분명 해결책을 갖고 있을 테니까."

"밸프레드, 안 돼." 중위가 신음했다. "절대 허락 못 해."

"한센, 허튼소리 그만해. 산파는 이런 일에 대해 모르는 게 없어. 의사만큼 재주가 많아." 그가 기분 좋게 커피를 한 모금 들이켰다. "왜 그런 병에 걸렸는지 검사만 할 거야. 금세 나을 거라니까."

중위는 커피를 마시고 싶은 마음이 싹 달아났다. 그가 몸을 사리며 이불 속으로 다시 기어들어갔다. 나이가 창창한 산파가 배꼽 아래를 검사한다고 생각하니, 갑자기 몸이 후끈 달아올랐다. 그때였다. 그의 뇌가 산파가 할지도 모르는 가능한 치료법 모두를 구체적으로 상상하기 시작했다. 그러자 이층 침대가 뒤흔들릴 정도로 온몸에 경련이 일며, 뜨거운 피가 용솟음쳤다. 콧수염 싸개가 찢어질 정도였다. 그런데 이렇게 싹튼 열정적 환상 속에는 굳은 도덕관념도 포함되어 있었다. 그중에서도 가장 평범한 것이 무슨 일이 있더라도 산파와 결혼하겠다는 결심이었다. 결혼을 하게 되면 그는 산파의 남편으로, 아버지가 없는 아이들의 의붓아버지가 되어 남쪽 곳에서 그린란드의 평범한 시민으로 살아가게 될 터였다. 중위는 생각에 열중했다. 얼마나 열심히 생각했는지 이마에 땀이 났다. 산파에 대해서도 구체적으로 떠올렸다. 상상 속 그녀는 무척 아름다웠다. 여자 생각에 온몸이 땀으로 흥건해졌다. 한센 중위는 아이들을 입양하는 상상을 했다. 어린 군인들을, 그린란드 사냥꾼이라는 위대한 부대에 속하게 될 어린 중위들을 상상했다. 그러자 아이들이 모두 자기 자식처럼 소중하게 여겨졌다. 아이들을 입양하는 일이야말로 퇴역 군인이 완수해야 할 진정한 임무 같았다.

마침내 그는 커피가 가득 담긴 잔을 배에 올려놓고, 꿈으로 가득한 잠에 빠졌다. 그러고는 코를 골며 잠꼬대를 했다. 밸프레드에게 결혼은 반드시 해야 하는지, 명예로운 사내라면 어떻게 해야 하는지, 꼬마 중위 넷은 어떻게 예뻐하면 되는지 묻는 내용이었다.

남쪽 곶은 핌불에서 멀리 떨어져 있었다. 돌아오는 길에는 눈까지 내려서 갈 때보다 시간이 더 걸렸다. 빌리암이 썰매를 끌고 아직 돌아오지도 않았는데, 벌써 12월이었다.

빌리암은 극도로 흥분해 있었다. 남쪽 곶에서 사비네라는 이름의 젊고 아름다운 여자와 일곱 번이나 만남을 가진 것도 이유였지만, 핌불의 두 친구에게 산과 아가테를 소개할 생각에 잔뜩 들떠 있었다.

밸프레드는 손님을 맞으려고 밖으로 나갔다. 그가 그린란드 가이드 에프라임과 산과, 빌리암에게 인사를 건넸다.

"좀 어때?" 빌리암이 잔뜩 흥분해 속삭였다. "변화가 없어?"

"아직 말뚝처럼 위풍당당해." 밸프레드가 팔을 크게

휘두르며 설명했다. "어서 들어오세요. 따뜻한 걸 좀 내 올게요."

밸프레드는 아가테를 보고 매우 좋은 여자라고 생각했다. 그가 그녀에게 미소 지었다. 그러자 아가테도 식탁 위로 고개를 끄덕이며 알겠다는 신호를 보냈다. 그리고 다시 기쁘게 웃었다. 기대 이상의 환대였다. 그녀는 이따금, 자기는 아무 상관 없다는 듯 이층 침대에 누워 천장만 올려다보는 중위에게로 시선을 옮겼다.

고기와 커피, 약간의 화주가 나왔다. 시시콜콜한 이야기가 오가고 지난 소식을 교환하며 모두는 사소한 일에도 기회를 놓치지 않고 크게 웃으려 애썼다. 덕분에 오래지 않아 화기애애한 분위기가 감돌았다. 푸르딩딩한 시가 연기와 담배 연기에 가려져 한센은 거의 보이지도 않았다. 분위기가 무르익자, 아가테가 일어나 단호한 어조로 환자를 진찰해야겠다고 나섰다. 그러고는 환자의 치료에 필요하다며 밸프레드와 빌리암, 에프라임을 밖으로 내보내고 며칠 동안 별채 오두막에서 지내라고 명했다.

빌리암이 한센에게 다가가 손을 흔들며 말했다. 그는 종종 비장해지는 경향이 있었다.

"한센, 기운 내!" 감정이 격해진 그가 작은 목소리로 속삭였다. "내 오랜 친구, 행운을 빌어. 널 영원히 잊지 않을게."

말을 마친 뒤 빌리암은 뼈가 으스러질 정도로 중위의 손을 꼭 쥐고 흔들었다. 그리고 눈물을 흘리며 방을 나갔다.

에프라임은 곰 가죽 바지로 갈아입고, 용기를 북돋우려는 듯 한센에게 윙크를 한 다음, 긴 채찍을 휘두르며 문을 나섰다. 그는 픔불에 머무는 동안 곰 사냥을 즐길 생각이었다.

이로써 집 안에는 아가테와 한센 중위, 둘만 남게 되었다.

용감한 산파는 사흘 밤낮을 먹지도 자지도 않으며 한센과 고통을 함께했다. 그 외에 하루에도 몇 번씩 별채 오두막으로 음식을 날라다 주며 남은 친구들에게 소식을 전해서 훌륭한 여성임을 증명했다. 빌리암은 그녀가 날이 갈수록 명랑해지고, 온화해지며, 아름다워지고 있음을 알았다. "얼마 안 가 세계 제일의 미녀가 되겠어." 그가 밸프레드에게 말했다.

두 친구는 아가테가 중위를 어떤 방법으로 치료하고 있는지 몰랐다. 물론 실내에서 무슨 소리가 들려오기는 했다. 모두에게 익숙한 소리였다. 그렇지만 아무도 얇은 나무 벽을 타고 밖으로 새는 몇몇 소리만으로 아가테의 요법에 관한 구체적인 그림을 그리지는 않았다.

넷째 날 정각 아침 7시, 실내에서 요란한 소리가 들려왔다. 화덕 문이 덜컹하고 열리는 소리가 나고, 부삽으로 석탄을 쓸어내는 소리가 들려왔다. 마지막으로 누군가 콩콩하고 마룻바닥 위를 뛰어다니는 소리가 들렸다.

"흠, 아무래도 중위가 다 나은 것 같아." 밸프레드가 졸면서 중얼거렸다.

빌리암은 순록 가죽 침낭에서 머리를 들고 뜀박질 소리에 귀를 기울였다. "밸프레드, 왜 그렇게 생각해?"

"중위가 아침 행진을 다시 시작했잖아. 밸프레드가 대답했다. 집 안에서 들려오는 소리를 들어봐."

"진짜 다 나았을까?"

"완치되었는지는 모르지만, 적어도 지금은 정상으로 돌아온 듯해." 밸프레드가 낮은 목소리로 중얼거렸다. "아가테는 아주 훌륭한 선택이었어."

그 아침, 갑자기 별채 오두막 문이 활짝 열리며 중위가 권위적인 목소리로 잠꾸러기 두 명에게 소리쳤다.

"신사 양반들, 모두 일어나!"

밸프레드와 빌리암이 밝은 석유램프 불빛에 미간을 찌푸렸다.

"맙소사, 한센, 진짜 너 맞아?" 밸프레드가 소리쳤다. "다 나은 거야?" 그가 호기심 어린 눈으로 한센의 다리 사이를 올려다보았다. 그런데 바지춤이 여전히 부풀어 있었다.

"치료가 됐나, 안 됐나 궁금해서 그래? 하하! 내가 언제 병에 걸렸던가?" 한센은 웃으며 군인처럼 발꿈치를 돌렸다. "다들 곧 익숙해질 거야. 아침 식사가 준비되었어. 얼른 와."

밸프레드와 빌리암이 집 안으로 들어갔을 때는 식사 준비가 이미 끝나 있었다. 화덕에서 커피가 끓고 빵은 얇게 잘려 있었으며, 밸프레드의 찻잔 옆에는 뚜껑을 연 정어리 통조림이 놓여 있었다. 중위는 함박웃음을 지으며 식탁 끝에 앉아 있었다. 그가 친구들에게 말했다.

"자, 어서 앉아서 먹어." 한센이 창문에 등을 기대고 앉은 빌리암 쪽으로 커피포트를 밀었다. 빌리암은 잔에 커피를 따르고, 이층 침대 난간을 비집고 나온 아가테의 틀어 올린 검은 머리카락을 흘깃거렸다.

"음, 어, 그러니까 한센," 빌리암이 당황한 듯 목을 긁었다. "이제 원래대로 된 거야?"

중위는 콧수염 끝을 돌돌 말아 올리며 만족스러운 미소를 지었다.

"원래대로 됐냐고? 검은 머리 빌리암의 표현이 맞는지 모르겠네. 하지만 다들 마음 놔도 돼. 이제 괜찮으니까. 아, 이전과 똑같아지지는 않았어."

밸프레드는 커피를 마시고 정어리를 먹기 시작했다. 한센은 그가 알던 이전의 한센이 아니었다. 낯설지만 어딘지 수탉 같은, 강렬하면서 살짝 미련해 보이기도 하는 뭔가가 내면에 존재했다. 지난 몇 년간 동거한 그와는 완전히 다른 모습이었다. 중위가 말을 이었다.

"이렇게 말해도 될지 모르지만, 내 경우는 참 독특해. 다들 모르지 않으니까 하는 말인데, 아랫도리에 변화가 있었잖아. 그거 때문에 죽을 뻔했고. 물론 정신적인 면에서. 그런데 내 몸의 변화는 병이라기보다는 자연스러운 현상이었어. 뇌가 이해를 못 해서 그렇지." 중위가 밸프레드에게 조심스럽게 커피포트를 건넸다.

"내 경우에 병에 걸린 쪽은 몸이 아니라 정신이었어. 난 무섭고 부끄러웠어. 나를 즐겁게 하는 법을 몰랐지. 그런 걸 부도덕하다고 생각했으니까. 내가 어떤 교육을 받았는지 고려해보면 충분히 이해가 돼." 그가 사랑스러운 시선으로 침대 위를 바라보았다.

"빌리암, 남쪽 곳으로 유능한 의사를 찾으러 간 건 정말 훌륭한 생각이었어. 그 사실을 알고 처음에는 의심했는데 아니었어. 몸의 증상이 사라지지는 않았지만, 보이지 않는 부분에서는, 그러니까 심리적인 중압감은 사라졌어. 그것도 완전히!"

"그러니까 그게 정확히 어떻게……." 밸프레드는 팔꿈치로 빌리암을 툭 쳤다.

중위가 고개를 끄덕였다. "변하지 않았지만, 사명을 다할 준비가 되었지." 그가 웃으며 자그마한 목소리로 한마디 덧붙였다. "신께 감사할 일이야."

빌리암은 감탄해서 중위를 바라보았다. "한센, 우리끼리 얘긴데, 기분이 어때? 불편해?"

중위가 콧수염을 매만졌다. "그렇게 불편하지만은 않아. 어쨌든 아가테는 믿기지 않을 만큼 멋진 치료법을 알고 있고, 나는 앞으로도 열심히 치료받을 생각이야. 그래서 가능한 한 빨리 아가테와 남쪽 곳으로 떠나려 해."

빌리암의 눈이 커다래졌다. "한센, 너 대단하다."

"동감해." 중위가 동의했다. "치료 때문이기도 하지만, 아가테를 도덕적으로 책임지기 위해서야."

"아, 그래? 벌써 그런 생각까지 했어?" 빌리암은 이해한다는 의미로 고개를 끄덕이려 했다. 그런데 그게 쉽지가 않았다. "밸프레드, 한센이 떠나는 거에 대해 어떻게 생각해?" 그가 물었다.

밸프레드가 정어리 통조림을 비우고 어깨를 들썩였다. "뭐, 어쩌겠어. 한센이 치료를 더 받아야 하고, 떠나야 한다는데. 내가 뭐라 할 일은 아니야. 그래도 좀 서운하긴 해. 이제 겨우 친해졌는데 가겠다니까." 밸프레드는 서글픈 눈으로 중위를 보았다. "한센, 나한테 넌 축복이었어. 가서 행복하게 잘 살아."

"고마워, 밸프레드." 중위는 울컥한 마음을 숨기려고 의자에서 일어나 창가로 걸어갔다.

화해

—

적당한 다툼은 오해를 풀어주고, 질
좋은 슈냅스는 관계 회복을 돕는다

할보르가 있었지만 매스 매슨은 빌리암이 그리웠다.
담배 파이프도 그리웠다. 그래도 빌리암을 향한 그리움
과는 비견할 수 없었다. 물론 할보르가 집에 와서 반갑
고 좋기는 했다. 그런데 그의 상태가 어딘지 조금 이상
했다. 매사에 소극적이고 특이하게 굴었다. 혼잣말을 중
얼거리며 발끝으로 걷고, 가끔 누군가에게 쫓기듯 어깨
너머를 흘깃거렸다. 하우나에 살던 할보르와 지금 엘리
자베스곳에 사는 할보르 사이에는 확실히 큰 차이가 있
었다. 그렇다고 기괴스럽다거나 위험해 보인다는 뜻은

아니었다. 할보르와 매스 매슨은 닐스 노인에 관한 것만 빼면, 거의 모든 주제로 활발한 대화를 나눌 수 있을 만큼 마음이 잘 통했다. 할보르는 예전의 하우나 이야기만 나오면 검정 단추 같은 눈을 동그랗게 뜨고 귓불까지 얼굴을 붉히며 말을 더듬었다. 그래서 매스 매슨은 될 수 있는 한 닐스 노인에 관해 말하지 않으려 노력했다. 사실, 이미 오래전에 잡아먹혀 땅에 묻힌 사람 이야기를 굳이 꺼낼 필요는 없었다.

매스 매슨은 몇 주 동안 할보르가 말한 '적당한 때'가 언제 올지 자문했다. 핌불로 가서 빌리암과 풀어야 할 오해가 있다면, 언제가 되었든 빨리 해결하는 편이 나을 듯싶었다. 그러던 어느 날이었다. 정면 돌파를 마음먹은 그가 적당한 때가 되었으니 핌불로 가야 한다고 고집을 부렸다. 할보르는 알쏭달쏭한 미소를 지으며 매스 매슨의 등을 토닥였다.

"매스 매슨, 알았어. 나도 이제 적당한 때가 되었다고 생각해. 빌리암과 네가 화해할 때가 왔어."

"염병, 별일도 아닌 걸 갖고." 매스 매슨이 이불 속으로 들어가 두꺼운 겨울옷을 벗으며 투덜거렸다.

"다 그렇고 그런 거지." 할보르가 대꾸했다. "내가 오자마자 길을 떠났다면, 넌 분명 또다시 빌리암과 얼굴을 붉혔을 거야. 하지만 지금은 그때와 달라. 빌리암이 그리워진 지 꽤 오래되었고, 화도 다 풀려서 예전처럼 유하고 온순해졌어. 그래서 빌리암이 보고 싶어진 거야. 보고 싶으니 집으로도 데려오고 싶은 거고. 아니야?"

"그래, 마음대로 지껄여. 내가 그 새까만 악마 새끼를 어떻게 대하는지 보고도 그런 말을 할 수 있는지 보자." 매스 매슨이 호언장담했다. 그러더니 벌떡 일어나 괜찮은 척 애쓴 보람도 없이 돌연 얼굴을 붉혔다. "빌리암이 만든 건포도 빵이 너무 먹고 싶어. 파이프에서 피어오르는 담배 연기도 그리워. 그래도 그 떠돌이 코흘리개가 보고 싶은 건 절대 아니야."

할보르는 웃으며 잉걸불을 끄러 주방으로 갔다. 지금 당장 출발해도 괜찮을 듯 보였다.

매스 매슨과 할보르는 이틀 후 핌불에 도착했다. 집 앞에 개를 묶어놓고 어포를 먹는데, 밸프레드가 나와 반갑게 맞았다. 검은 머리 빌리암은 방문객들을 확인하고 사라지더니 코빼기도 보이지 않았다.

"밸프레드, 그러니까 이게 어떻게 된 일인가 하면," 매스 매슨이 설명했다. "할보르가 오고 싶대서 왔어. 스키를 타기엔 너무 멀어서, 내가 썰매로 데려다주겠다고 약속했거든."

할보르는 말 대신 즐거운 미소를 지었다. 밸프레드도 말이 없기는 마찬가지였다. 매스 매슨의 논리가 그럴듯해 보이기도 했지만, 두 친구가 재회할 시간이 되었다고 생각한 까닭이었다.

그들은 집 안으로 들어가 긴 의자에 앉았다. 할보르가 빌리암에게 안부를 묻자 빌리암이 가볍게 주먹을 내밀며 반가움을 표시했다. 반대로 매스 매슨을 보는 눈초리는 매서웠다.

밸프레드는 바쁘게 집 안을 돌아다니며 살뜰히 손님들을 챙겼다. 커피를 마시기 좋은 시간이었고, 기억이 맞는다면, 방구석에 놓인 옷장 안에 월귤주도 한 병 있었다.

"편히 앉아서 여행 얘길 해봐." 밸프레드가 말했다. "빌리암도 궁금할 거야."

빌리암은 화덕 앞 긴 의자에 등을 돌리고 앉아 있었다. 매스 매슨이 고개를 숙이고 목덜미에 난 털에 시선을 고정했다. 잠시 후, 그가 용기를 내어 큰 소리로 말했다.

"안녕, 빌리암."

대답이 없었다. 화덕에서 탁탁거리며 불꽃 튀는 소리만 요란하게 들려올 뿐이었다. 잠시 후, 매스 매슨이 소리쳤다. "내가 인사했잖아, 이 못난이 애벌레야. 혹시 인사도 안 하려고 작정했어?"

빌리암이 천천히 고개를 돌렸다. 그러더니 매스 매슨을 모른 척하고 할보르에게만 말을 걸었다. "할보르, 갑자기 공기가 나빠진 것 같아. 안 그래?" 그가 매스 매슨 어깨로 고개를 돌렸다. "이런, 거기 있었어? 안 좋은 냄새를 풍기는 게 너였구나, 매스 매슨. 내가 조언하는데 혼자 있을 때가 아니면 절대로 입을 열지 마. 공기가 오염되니까."

매스 매슨의 주먹이 식탁 밑을 맴돌았다. 관자놀이의 혈관이 부풀고, 저러다 죽지는 않을지 걱정스러울 만큼 맥박이 빠르게 뛰었다. 할보르가 매스 매슨의 어깨에 한쪽 팔을 올렸다. "곧 크리스마스야, 같이 기뻐해야 할 때가 왔어. 화해하기 딱 좋은 시기지."

"할보르! 훈계할 거면 그만둬." 매스 매슨이 씩씩거렸다. "너도 저 머저리의 말을 들었잖아. 나한테서 악취가 난다고? 할보르, 그게 말이 된다고 생각해?"

할보르는 한숨을 내쉬었다. "매스 매슨, 미안해. 하지만 빌리암의 말이 맞아. 이제야 고백하지만 네 입에서는 자칼처럼 썩은 냄새가 나."

매스 매슨은 화가 머리 꼭대기까지 치밀었다. 그가 악

을 쓰며 자리에서 일어나 할보르의 멱살을 잡았다. "아냐! 너 혹시 벌써 신부가 됐다고 착각하는 건 아니지? 나쁜 자식! 잃어버린 걸 찾으러 왔다면서 뭘 잃어버렸는지도 모르는 주제에 어디서 감히 정직한 사람들을 속이려 들어? 방금 한 말 취소해. 다시 집어삼키라고! 안 그럼 내가 네 대가리를 삶은 고구마처럼 으깨줄 테니."

할보르가 의자에서 일어났다. 유감스럽다는 듯 뒷걸음질 치며 그가 고개를 저었다. "사실이야. 너한테서 썩은 생선 바구니보다 더 고약한 냄새가 나. 조금 더 정직하게 말하면, 빌리암에게서도 같은 냄새가 나. 올여름, 톰슨곶에 도착하자마자 알았어. 너희 집에서도 변소 냄새가 나. 나만 느낀 건 아닐 거야. 못 믿겠으면 다른 사냥꾼들에게 물어봐. 매스 매슨, 사실 난 너랑 어떻게 그렇게 오래 같이 지냈는지 모르겠어. 밸프레드가 고약한 빌리암 냄새를 어떻게 견뎠는지도 이해가 안 되고."

톰슨곶의 두 사냥꾼은 갑자기 온몸에 마비가 온 듯, 꼼짝하지 않았다. 얼떨결에 커피포트에 손을 올려놓은 빌리암은 한참 후에야 뜨겁다는 것을 알고 비명을 질렀다. 매스 매슨이 충혈된 눈으로 숨을 몰아쉬며 으르렁거렸다.

"오호라, 여태 그런 생각이었군." 그가 성난 어투로 중얼거렸다. "말 다 했어? 이 머저리 같은 점쟁이 녀석!" 매스 매슨은 경고도 없이 할보르를 향해 주먹을 휘둘렀다. 할보르는 이미 예상했다는 듯, 공격을 교묘히 피했다. 그가 부드러운 목소리로 매스 매슨을 다독였다.

"매스 매슨, 이러지 마. 이럴수록 네가 더 힘들어져."

그러나 매스 매슨은 할보르의 말을 무시하고 울부짖으며 요령 있게 몸을 피하는 노르웨이인 위로 달려들었다. 하는 수 없었다. 할보르가 주먹을 들고 앞에서 깔짝대는 매스 매슨의 목덜미를 후려쳤다. 매스 매슨은 그 즉시 방 안을 가로질러 건너편 구석에 놓인 옷장에 머리를 박았다. 그리고 열린 옷장 안의 화주병 사이로 고꾸라졌다.

밸프레드가 안절부절못하고 종종걸음으로 달려왔다. "매스 매슨! 이건 내가 바라던 게 아니야. 제발 부탁이니까, 술을 괴롭히지 말아줘."

매스 매슨의 귀에는 밸프레드의 말이 들리지 않았다. 바닥에 주저앉은 그가 고개를 흔들고 눈앞에 벌어진 참사를 확인했다. 아무 생각도 나지 않았다. 입에서는 시큼한 냄새가 났다. "그래, 이거로군." 그가 중얼거렸다. "지독한 냄새야. 내게서 난다고 했던 냄새가 이거였어."

빌리암은 바닥에 쓰러진 기지 대장을 보고 입을 다물

지 못했다. 할보르가 빌리암에게 소리쳤다.

"빌리암, 입 좀 다물어줄래? 그러면 공기가 훨씬 깨끗해질 거 같아. 야, 그런데 너 손 안 뜨거워?"

빌리암은 얼빠진 표정으로 커피포트를 내려다보았다. 그제야 뜨겁다는 생각이 들고 팔에 극심한 통증이 일었다. "아야!" 그가 울부짖으며 물통으로 뛰어가 재빨리 손을 물에 담갔다.

밸프레드는 의구심이 가득한 눈으로 할보르를 보았다. "할보르, 저 둘의 냄새가 정말로 고약하다고 생각해?" 밸프레드가 자그마한 목소리로 물었다.

할보르는 밸프레드에게 윙크하고 손가락 하나를 입술에 가져다 댔다. 그가 빌리암에게 소리쳤다.

"어이, 거기 족제비들, 똥은 변소에 가서 싸야지. 둘 다 톰슨곳으로 냉큼 돌아가."

빌리암은 대답하지 않았다. 대신 물통에서 손을 꺼내별 탈이 없는지 흔들어보고 할보르에게로 달려들었다.

막상막하의 싸움이었다. 밸프레드가 끼어들지 않았다면 결과는 빌리암의 승리로 끝났을 터였다. 두 싸움꾼은 바닥을 구르고 튼실한 주먹을 서로에게 날리며 팽팽히 맞섰다. 빌리암이 할보르의 귀를 물고 힘껏 늘어지자 할보르는 빌리암의 눈을 공격했다. 그리고 빌리암의

인공치아를 뿌리째 뽑았다. 톰슨곶에서 매스 매슨에게 공격당해 빠졌다가 철사와 아교로 수리해 붙인 치아였다. 밸프레드는 침대 끝에 걸터앉아 열심히 두 사람을 구경했다. 공정하고 합법적인 방식으로 싸움의 승부를 가리기 위해서였다.

그때였다. 매스 매슨이 옷장을 잡고 천천히 일어났다. 하지만 풀 먹인 천처럼 뻣뻣해진 다리를 추스르지 못하고 또다시 바닥에 쓰러졌다. 세 번째 시도에서야 그는 일어서는 데 성공했다. 그가 옷장 문에 머리를 기대고 벌건 눈으로 투사들을 바라보았다. 천천히 의식이 돌아오며, 할보르의 모욕적인 말들이 하나둘 떠올랐다. 매스 매슨이 갑자기 맹렬히 소리쳤다. "제기랄, 나한테서 냄새가 난다고? 이 시골뜨기 같으니. 네 말이 어떤 결과를 낳는지 이제부터 똑똑히 보도록 해. 염병, 내가 지금 제정신이 아니야!"

그러고는 곧바로 놀라운 기세로 바닥에 자빠진 두 사내에게 덤벼들었다. 침대 끄트머리에 걸터앉은 밸프레드 앞을 지날 때였다. 밸프레드가 다리 하나를 내밀었다. 매스 매슨의 다리를 걸어서 커질 싸움을 막고 신속하게 승패를 가리기 위해서였다. 그 결과, 매스 매슨이 앞으로 넘어지며 화덕에 머리를 세게 부딪쳤다. 그리고 그대로 기절했다.

할보르의 귀를 공략하던 빌리암도 작전에 실패하고 기권했다. 빌리암의 입에서는 피가 철철 흘렀다.

"할보르, 알았어." 불분명한 목소리로 그가 중얼거렸다. "그만, 이제 그만!"

"아무렴, 그래야지." 할보르는 빌리암을 놔주고 일어서게 도왔다. "빌리암, 난 네가 도리를 아는 사람이란 걸 알아. 매스 매슨에게서 뭔가 배웠을 것도 알고." 할보르가 매스 매슨에게 다가갔다. 쭉 뻗은 가엾은 사내를 내려다보며 그가 밸프레드에게 말했다. "완전히 뻗었어. 눕혀야 할 것 같은데, 침대를 좀 빌려도 될까?"

밸프레드가 고개를 끄덕였다. "얼음주머니를 준비할게. 안 그러면 혹이 엄청나게 커지겠어."

매스 매슨은 이번에는 쉽게 정신을 차리지 못했다. 모두가 식탁에 앉아 초조함과 호기심, 흥분감이 뒤섞인 얼굴로 그를 관찰했다. 매스 매슨은 몸을 꿈틀거리며 일관성 없는 말을 중얼거렸다. 혹을 만져보며 구슬피 울기도 했다. 각고의 노력 끝에, 그가 마침내 한쪽 눈을 떴다.

"안녕, 빌리암." 매스 매슨이 빌리암을 쳐다보며 들릴락 말락 한 소리로 속삭였다.

"안녕, 매스 매슨." 빌리암도 가냘픈 소리로 대답했다.

매스 매슨은 빌리암을 바라보았다. 꼴이 말이 아니었다. 눈가가 색색으로 물들고, 입술이 터져서 피투성이였으며, 인공치아가 있던 자리에는 구멍이 났다.

"빌리암, 많이 다쳤어?"

"할보르가 톰슨곳을 변소라고 그랬어." 빌리암이 고자질했다.

매스 매슨은 행복한 미소를 지었다. 마른 입술을 핥으며 그가 말했다. "빌리암, 내가 늘 말했지만, 넌 정말 용감해. 우라지게 좋은 친구야."

밸프레드가 웃었다. "헤헤, 듣기 좋은데. 분위기가 한결 가벼워졌어. 싸움도 멋졌고, 공기가 정말 달라졌어. 이제 화주를 마셔도 되겠는걸. 매스 매슨, 여기까지 올 수 있겠어?"

그들은 식탁을 둘러싸고 앉아 밸프레드가 담근 화주를 마시며 시간 가는 줄도 모르고 오래도록 수다를 떨었다. 낮에도 해가 뜨지 않는 계절이라 시간을 알 수가 없었다. 시간이 지나자, 언제 싸웠냐는 듯 사내들 사이에 다시 훈훈한 기운이 감돌았다. 그때였다. 갑자기 밖에서 개들이 짖기 시작했다.

"곰이 왔나 봐." 빌리암이 말했다.

밸프레드가 웃으며 고개를 저었다. "저건 곰이 아니야. 앉아 있어. 내가 나가보고 올게."

밸프레드가 밖에 나가고 없는 동안, 매스 매슨이 할보르에게 물었다. "할보르, 그런데 그 냄새 말이야. 혹시 어떻게 하면 없앨 수 있는지 알아?"

할보르는 노르웨이에서 신학 공부를 할 때 배운 자비로운 미소를 지었다. "그게 참 이상한 게, 냄새가 더는 안 나."

"정말이야?" 빌리암이 시퍼렇게 멍든 눈으로 할보르를 쳐다보았다. "정말이야. 여기 공기가 밖의 공기만큼 신선해." 할보르가 대답했다.

매스 매슨이 카디건의 양 겨드랑이에 엄지손가락을 끼고 큰 보폭으로 걷기 시작했다. 잠시 후, 그의 걸음이 할보르 앞에서 멈추었다.

"할보르, 교활한 여우 같으니. 냄새 얘기는 지어낸 거지? 그렇지?"

할보르는 고개를 끄덕였다. "어려움에 부딪친 친구를 못 본 척할 수는 없었어. 좋아하는 사람들이 떨어져 사는 것만큼 큰 비극은 없으니까. 싸우더라도 같이 있는 게 나아. 언제 어떻게 될지 모르는 게 인생이잖아." 그가 닐스 노인의 그림자를 보며 말했다. 그림자는 물통에 앉아 다리를 흔들고 있었다.

매스 매슨이 한숨을 내쉬었다. 그는 할보르가 무슨 말을 하는지 알 것 같았다. "할보르, 네 말이 맞아. 때로는 원치 않는 일도 생기는 게 인생이지. 언제든 틀어질 수 있는 게 관계이기도 하고. 그러니까 싸우지 말고 동료와 사이좋게 지내야 해." 몇 마디 더 하려는데, 벨프레드가 문을 열고 한센 중위를 집 안으로 밀어 넣었다.

"헤, 헤, 우리의 한센이 돌아왔어." 그가 달콤한 목소리로 속삭였다. 기분이 얼마나 좋은지 틀니가 입 밖으로 반이나 삐져나온 것도 몰랐다.

"한센, 어서 와. 신부도 데려왔어?"

중위는 모피 옷을 벗고 앉아 자초지종을 설명했다.

"결혼은 끝났어. 전부 취소되었어. 아가테는 에프라임과 약혼했어. 에프라임이 약혼 선물로 내 윈체스터 연발 소총을 가져갔고."

"그럼 네 건강은? 건강은 괜찮아?" 매스 매슨이 물었다.

"아주 좋아." 한센이 대답했다.

"어…… 저기 그럼, 거기 상태는?" 빌리암은 자세히 알고 싶었다.

중위가 웃으며 짧게 대답했다. "하, 하, 힘이 풀렸어."

그는 테이블 위를 쳐다보며 눈썹을 치켜세웠다. 그런 다음 밸프레드에게 말했다.

"밸프레드, 그런데 이게 뭐야? 크리스마스이브의 근사한 음식은 다 어디로 갔어?"

"뭐? 크리스마스이브?" 밸프레드가 난처한 듯 물었다.

"응, 오늘이 크리스마스이브잖아." 중위가 대답했다. "마을 관리 집에서 시간과 날짜를 확인했어. 여기까지 오면서 체크했고. 그런데 이게 뭐야. 식탁이 너무 초라해."

밸프레드는 말을 잇지 못했다. 그가 자리에서 일어나 커피포트를 집어 들고 별채 오두막으로 갔다. 그리고 큼지막한 캐나다산 거위 두 마리와 쌀을 들고 나타났다.

모두가 손을 걷어붙이고 음식을 준비했다. 요리가 끝났을 때는 이미 크리스마스 아침이 밝은 뒤였지만, 거위, 맥주, 화주, 찐 쌀로 식탁이 차려지자 분위기가 저절로 크리스마스이브로 바뀌었다.

그들은 맛있게 음식을 먹고 상을 치운 뒤, 각자 커피잔을 들고 식탁으로 돌아왔다. 빌리암은 자리에서 일어나 침낭 근처로 갔다.

"어색하지만 받아, 선물이야, 아가테를 데리러 남쪽 곶에 갔을 때 산 거야." 그가 작은 선물 상자를 기지 대장 앞에 내려놓았다.

매스 매슨은 선물 상자를 풀며 손을 떨었다. 그러더니 상자 안에서 파이프를 발견하고 눈시울을 붉혔다.

"빌리암, 이 미친 새끼!" 매스 매슨이 끈적끈적한 목소리로 소리쳤다. "이거 진짜 히스 뿌리로 만든 거잖아! 관도 베이클라이트로 만들었어!" 그의 시선이 닐스 노인과 몰래 건배하는 할보르에게로 옮겨 갔다. "고마워. 정말 고마워." 닐스 노인의 그림자는 밸프레드의 침대에 누워 있었다. "할보르, 이 교활한 악마 녀석! 너도 고마워."

그 저녁, 한센 중위는 남쪽 곶에서 있었던 일을 모두 털어놓았다. 산파가 그에게 했던 요법에 관해서도 자세하지만 지나치지 않은 선에서 묘사를 아끼지 않았다. "정말 이상한 일이었어. 그래도 지금은 다 즐거운 추억처럼 느껴져. 신께 감사할 일이지."

그가 말을 마쳤다.

아침나절 그들은 피곤을 느끼고 잠을 자기로 합의했다. 이에 다섯 사내가 자기 전의 일을 처리하려고 줄줄이 집 앞에 집결했다. 한센이 단추를 끄르자 얼음처럼 차가운 12월의 공기가 맨살에 닿았다. 한참을 끙끙대던 그가 마침내 안도의 숨을 내쉬었다.

밸프레드는 고개를 들고 북극의 별을 향해 힘껏 오줌발을 날렸다. 소변을 다 본 뒤에는 아랫도리를 털어 바지춤에 넣고 닐스 노인이 기다리는 침대로 돌아가 잠이 들었다.

닐스 노인

—

복수를 위해서가 아니라, 곤경에 빠진
할보르를 구하기 위해 달려가는 닐
스 노인의 유령

설이 지나고 며칠 뒤, 할보르는 핌불을 떠났다. 톰슨
곶에서 약속했듯 중위가 개를 네 마리 주려 했지만, 그
는 거추장스러운 일을 만들고 싶지 않다며 거절했다.
동료 없이 혼자서 벌써 겨울의 반을 보낸 그였기에, 개
없이도 남은 기간을 보낼 수 있을 듯싶었다. "모두가
이 작은 짐승에 지나치게 집착해. 이렇게 가다가는 개 없
이는 못 사는 날이 올 거야." 개를 거절한 데에는 다른
이유도 있었다. 할보르는 돌아오는 여름, 신학 공부를
계속하러 그린란드 북동부를 떠날 생각이었다. 매스 매

슨은 할보르를 하우나까지 데려다주고 싶어 했다. 하지만 할보르는 이 제안도 정중히 사양했다. 이유는 간단했다. 오랫동안 몸을 움직이지 않았고, 활동량에 비해 지나치게 많은 양의 음식을 먹어서 스키를 타고 갈 필요가 있었다. 할보르는 덕분에 즐거운 크리스마스를 보냈다며 모두에게 감사의 마음을 전했다. 그리고 곧바로 길을 나섰다. 그가 하우나까지 끌고 갈 작은 썰매에는 배낭과 식료품, 화주, 매스 매슨이 선물한 소형 텐트가 실려 있었다. 텐트는 매스 매슨이 늙은 암소 가죽으로 손수 만든 것으로, 남자 한 명과 소지품이 들어갈 만한 크기였다.

할보르는 빠른 속도로 희미한 빛 속을 달렸다. 닐스 노인이 그림자처럼 어둠 속에 몸을 감추고 그의 뒤를 쫓았다. 첫째 날, 그는 하루를 꼬박 달리고 밤에도 늦은 시간까지 쉬지 않고 이동했다. 그리고 피로에 지쳐 텐트를 치다 말고 잠이 들었다.

둘째 날에는 날씨가 좋아서 달빛이 환했다. 할보르는 기분 좋게 발꿈치에 들러붙은 닐스와 함께 전속력으로 달려서 위메르섬*을 지나 오스카 왕의 피오르 하구에서 휴식을 취했다. 위메르섬은 예전에 그가 여우 덫을 놓거나 사향소를 사냥하던 곳으로 푸트섬, 마리아섬과 위도가 같았다. 할보르는 스키를 타고 썰매를 끌며 그 일대를 한 바퀴 둘러보았다. 옛 사냥터에 돌아오니 감개무량했다. 할보르가 뒤돌아섰다. 축복받은 순간을 닐스 노인과 함께 기뻐하려고 그가 근처에 있는지 확인하기 위해서였다. 하지만 닐스 노인의 그림자는 어디에도 없었다. 할보르는 주변을 샅샅이 살폈다. 달빛이 환해 안 보일 리 없었지만, 닐스 노인은 완벽하게 자취를 감추고 없었다.

'먼저 떠났나 보군. 하우나에 빨리 가고 싶었나 봐. 옛 사냥터에 다시 온 게 그렇게 좋았나? 지금쯤 숨이 끊어지게 달려서 피오르를 지나고 있겠지.'

할보르는 피오르 한가운데에 텐트를 쳤다. 고기를 삶아 먹고, 차를 끓여 마시고, 화주를 몇 모금 털어 넣고는 곧바로 자리에 누워 입가에 행복한 미소를 머금은 채 잠이 들었다.

셋째 날에는 이상하게 모든 것이 고요했다. 할보르는 새벽녘 침낭에서 나오며 주변을 감도는 고요를 느꼈다.

―

* 그린란드 투누주에 있는 섬으로 세계 최대 규모의 그린란드 북동부 국립공원에 속한다.

손으로 만질 수 있을 만큼 깊은 고요였다. 그는 소지품을 챙기고 스키를 신은 뒤 잠시 주변을 둘러보았다. 광대한 피오르 저 멀리 우뚝 솟은 산봉우리들이 별빛 아래 잠들어 있고, 남동쪽 하늘은 불그스름한 빛깔로 물들어 있었다. 모든 것이 정지한 듯했다. 대자연이 숨을 죽이고 앞으로 다가올 무언가를 기다리는 듯했다. 할보르의 내면에도 묘한 정적이 감돌았다. 습관적으로 닐스 노인의 그림자를 찾던 할보르가 소스라치게 놀랐다. 닐스 노인이 실재하는 존재가 아니라는 사실을 문득 깨달은 까닭이었다. 그는 이미 오래전에 죽어서 땅에 묻혔고, 그의 그림자는 그린란드 북동부로 귀환한 할보르의 상상력이 지어낸 환영이었다. 사실이 그랬다. 노르웨이에서는 닐스의 그림자를 본 적이 없었다. 베슬 마리호에서도 마찬가지였다. 어쩌면 고독과 숨 막힐 듯 위협적인 자연이 할보르를 불쾌한 상상의 세계로 밀어 넣었는지도 몰랐다. 할보르는 이제 신경쇠약과 나약한 정신이 불러일으키는 기현상을 믿지 않았다. 그것들은 모두 현실을 왜곡하고 교란하는 범인이었다. 그는 이제 이름이 로네센이고, 미래의 성직자이며, 더는 정신을 어지럽히는 것들에 마음을 빼앗기는 사람이 아니었다. 생각이 꼬리를 물고 이어지자 슬슬 걱정이 되기 시작했다. 어쩌면 진짜 할보르는 욕구불만에 찬 정신이상자일 뿐, 이제까지 그가 자기 자신이라고 믿어왔던 신학자로서의 할보르는 속임수에 불과할지도 몰랐다. 추측이 맞는다면, 닐스 노인의 그림자가 존재하는 이 세계야말로 환영이 아닌 분명한 현실이었다. 그리고 그래야만 이 모든 것이 설명되었다.

여하튼 지금은 공상에 빠져 있을 때가 아니었다. 할보르는 귀에 물이 들어간 사람처럼 머리를 여러 차례 세게 흔들었다. 그리고 썰매에 연결된 밧줄을 배에 동여매고 스키 봉을 움켜잡고서 하우나의 오두막을 향해 달리기 시작했다.

그때 할보르가 하늘에 조금 더 주의를 기울였다면, 그리고 마지막으로 남동쪽을 살폈다면, 수평선에 걸쳐진 렌즈콩만 한 구름 조각 두 개를 발견했을지도 모른다. 구름은 가벼운 회색에 눈에 띄지 않을 만큼 작았지만, 주의 깊은 관찰자라면 조만간 그 구름이 놀라운 속도로 커지리라는 사실을 알 터였다. 하지만 그는 하늘도, 구름도 보지 않았다. 이것이 그가 이전에 경험으로 터득한 것을 교훈으로 바꾸지 못한 이유였다. 재앙이 기다리고 있었지만, 할보르는 태평하게 남쪽으로 질주했다. 그사이 렌즈콩만 했던 구름이 사람만큼 커졌다.

빙원 위 구름은 얼마 지나지 않아 하늘의 반을 뒤덮었다. 이제껏 북극을 강타한 그 어떤 태풍보다도 위력적인 피테라크와 평균 속도가 시속 200킬로미터 이상인 차가운 푄을 숨긴 채, 가공할 에너지의 구름이 산과 협곡 사이에 길을 내기 시작했다.

강풍이 그의 가슴을 처음으로 강타한 것은 할보르가 피오르에서 몇 미터도 채 이동하지 못했을 때였다. 그가 고개를 들자 눈다발이 순식간에 양쪽 눈을 파고들었다. 숨을 고를 사이도 없이, 강력한 태풍이 그를 후려치며 악마처럼 괴롭혔다. 눈과 우박이 얼굴을 때리고 무섭게 윙윙대며 고함쳤다. 할보르는 결국 바람에 이리저리 밀리다가 바닥에 내동댕이쳐지고 말았다. 넘어지며 스키 봉 하나가 부러지고, 밧줄이 풀어졌다.

눈 더미에 쓰러진 그는 간신히 몸을 추스르고 썰매가 있던 자리로 고개를 돌렸다. 그런데 썰매가 돌풍에 날아가고 없었다. 할보르는 손을 더듬어 양쪽 스키 날이 무사한지 확인했다. 그리고 안도의 숨을 내쉬며 천천히 일어났다. 이어 태풍에 맞서 수평에 가깝게 몸을 구부리고, 해안 쪽이라고 짐작되는 방향으로 기기 시작했다. 그는 피테라크가 두께가 1미터도 넘는 피오르의 얼음을 깰 만큼 강력하다는 사실을 알았다. 생각하기도 싫었지만 만에 하나 그런 일이 일어난다면, 눈 깜작할 사이에 바다 밑으로 가라앉을 터였다.

모든 인간이 자기만의 한계를 갖고 있듯, 할보르도 한계에 부딪혔다. 폭풍 첫날, 그는 바람과 맞서며 앞으로 나아갔다. 폐 속 공기를 뿌리째 뽑듯 돌풍이 위협적으로 불어오면, 잠시 서서 숨을 고른 뒤 자신이 선택한 방향으로 다시금 묵묵히 전진했다. 통찰력 있는 행동이었다. 까딱하다가는 길을 잃고 한자리를 맴돌 것이 분명했기에, 그는 정신을 바짝 차리고 진로를 살폈다. 폭풍은 남동쪽에서 불어오고 있었다. 하우나의 오두막도 남동쪽에 있었다. 이런 이유로 할보르는 바람을 마주 보고 걸으며 언젠가는 해안에 도착하리라는 희망을 버리지 않았다.

이미 지칠 대로 지쳐서 다리를 들기도 힘들었지만, 그는 밤낮으로 걷고, 또 걸었다. 위력적인 폭풍과 돌풍이 또다시 양쪽 눈을 덮쳐서 50여 미터 뒤로 밀려났을 때는 급작스러운 불안감에 휩싸였다. 무릎뼈가 코코넛처럼 부풀고 걸음을 걸을 때마다 사타구니와 장딴지에서 통증이 느껴졌다. 천천히 의식이 흐려졌다. 맑았던 정신이 가물가물해지며 앉아서 쉬고 싶다는 생각밖에 들지 않았다. 그가 비틀거리며 철로처럼 무거운 스키를 벗었다. 극심한 고통에 비명이 나왔다.

폭풍은 이틀 밤낮을 맹렬한 기세로 불었다. 할보르는 눈 위에 쓰러졌다. 손가락 하나도 까딱할 수 없었다. 눈을 감자 마음이 편안해지며 온몸의 긴장이 풀렸다. 얼마나 시간이 흘렀을까? 누군가 그에게 말을 걸었다. 아는 목소리였다. 그런데 목소리의 주인공이 누구인지 기억나지 않았다. 잠시 후, 그는 눈을 뜨고 주변을 둘러보았다. 그리고 너무 놀라서 몸이 굳었다. 곁에 아무도 없기 때문이었다. 보이는 것은 거칠게 얼굴을 할퀴며 지나가는 눈보라뿐이었다. 그때였다. 누군가 그의 귓가에 대고 또다시 속삭이기 시작했다.

"빨리 구멍을 파고 안으로 들어가. 서둘러. 여기서 이러고 있으면 안 돼. 힘을 내."

할보르는 몸을 반쯤 일으켰다. "닐스, 너야?" 혼자가 아니라는 생각에 안도하며 그가 중얼거렸다.

"할보르, 눈 더미 안으로 구멍을 파, 여기서 죽고 싶지 않으면."

할보르는 정신을 차리려 노력했다. "닐스." 그가 속삭였다. 닐스가 여기 있어. 나를 버리지 않았어. 자기를 잡아먹은 옛 동료를 구하러 달려왔어. 그가 두 손을 동그랗게 오므리고 눈을 파기 시작했다. 닐스 노인이 응원했다.

"할보르, 잘하고 있어. 삽처럼 한꺼번에 더 많은 눈을 퍼내야 해. 그래야 구멍을 빨리 팔 수 있어. 그래, 이제 거의 다 했어. 상체를 구멍 안으로 넣어서 더 깊이 파고들어가."

할보르는 미친 듯 구멍을 팠다. 닐스 노인의 말에 귀를 기울이고 그의 지시에 따르자, 손만 사용하고도 몇 시간 만에 작고 예쁜 동굴이 만들어졌다. 구멍은 그와 크기가 거의 비슷해서 몸이 빨리 따뜻해졌다. 더는 손에 감각이 없었지만, 그는 눈구덩이 속으로 들어가 감사한 마음으로 입구를 막았다. 잠들지 않으려 필사의 노력을 기울였지만 쉬이 눈이 감겼다.

얼마나 잔 걸까? 알 수 없었다. 몇 시간, 혹은 며칠인지도 몰랐다. 잠에서 깬 그는 놀라 몸을 일으키며 천장에 머리를 부딪쳤다. 머리에 강한 충격이 느껴졌다. 잠을 자며 내쉰 숨에 머리 위 눈이 언 탓이었다. 할보르는 그제야 자기가 어디에 있는지 알았다. 폭풍이 멎은 듯 사방이 고요했다. 그때였다. 바닥을 뒤흔들며 위장이 거칠게 포효했다. 또 다른 폭풍이었다. 그는 극심한 시장기를 느꼈다. 눈을 녹일 만큼 뜨거운 통증이 복부를 강타했다. 고통이 얼마나 심한지 의식을 잃을 지경이었다. 일어나 밖으로 나가야 했다. 하지만 생각대로 몸이 움직여지지 않았다. 머릿속에서 여러 생각이 뒤엉키며 정신이 혼미해졌다. 그는 의식을 잃고 영원한 빛이 지배하는, 고통 없는 초감각의 세계로 들어갔다. 과거도 미래도, 죄책감도, 걱정도 존재하지 않는 그 세계에서 그는 고통을 잊고 춤을 추었다. 얼마나 시간이 지났을까? 크고 따뜻한 누군가의 손길이 상처로 얼룩진 고통의 흔적을 어루만졌다. 그때였다. 닐스 노인의 목소리가 또다시 들려왔다.

"할보르, 정신 차리고 구멍을 조금 더 파봐. 안에 놀라운 것이 있으니까. 분명 마음에 들 거야."

할보르는 닐스 노인의 그림자가 들러붙은 꽁꽁 언 천장을 올려다보며 고개를 끄덕였다. 그리고 왼쪽 팔을 사용해 천천히 구멍을 파기 시작했다. 똑바로 누운 채 눈을 파내는 그의 코에 대고 닐스 노인이 엄지손가락을 쳐들었다. 할보르는 파낸 눈을 오른쪽으로 옮기며 조금씩 몸을 움직여 동굴 깊이 들어갔다. 닐스 노인은 그런 그를 내려다보며 미소 짓고 고개를 끄덕여 용기를 북돋웠다. 갑자기 팔에 경련이 일었다. 그가 눈을 감자 닐스 노인이 속삭였다.

"할보르, 이제 조금만 더 하면 돼. 몇 줌만 파내면 끝이야. 그러니 힘을 내. 알겠지?"

할보르는 다시 눈을 파내기 시작했다. 서서히 닐스 노인이 약속한 놀라운 선물에 가까워지고 있었다. 눈을 파내며 그는 어두운 방으로 들어가는 꿈을 꾸었다. 방에는 식탁과 생사로 덮인 의자가 하나 놓여 있었다. 이어 좁은 통로가 나타났다. 통로를 지나며 그는 크고 아름다운 존재로 탈바꿈했다. 할보르가 식탁 앞으로 걸어가 기다란 의자에 누웠다. 푹신했다. 그때, 젊은 여자가 은 쟁반을 머리에 이고 다가왔다. 여자는 그의 앞에 공손하게 무릎을 꿇고, 쟁반에 담긴 것을 보여주었다. 쟁반 안에는 놀랍게도 채소로 속을 채운 닐스 노인의 머리가 들어 있었다. 커다랗게 벌린 입에는 사과가 물려 있고, 자그마한 덴마크 국기 두 개가 목덜미 양쪽에서 경쾌하게 펄럭였다.

할보르는 소리치며 악몽에서 깨어났다. 코앞에 닐스 노인의 머리가 떠다니고 있었다. 하지만 꿈과 달리 닐스의 머리는 몸에 붙어 있었다. 그가 안도의 숨을 내쉬었다.

"거의 다 왔어." 닐스 노인이 말했다. "잠시 후면 놀랄 만한 일이 벌어질 거야."

할보르는 마지막 남은 힘을 다해 눈을 팠다. 얼마 지나지 않아 흰 벽이 눈앞에 보였다. 벽을 주먹으로 있는 힘껏 내리치자, 눈 벽이 무너지며 텅 빈 공간이 나타났다.

그는 미친 사람처럼 눈을 퍼내고 또 퍼냈다. 잠시 후, 머리가 들어가고 몸이 통과할 수 있을 만큼 커다란 구멍이 나왔다.

"오, 사랑하는 나의 주 예수그리스도." 할보르가 중얼거렸다. "내가 죽었다가 살아난 겁니까?" 그는 구멍 속으로 고개를 들이밀고 밖으로 나갔다. 구멍 밖에는 서도 될 만큼 충분한 높이의 공간이 있었다.

"닐스," 그가 소리쳤다. "거기 있어?" 주변을 둘러보는데 머리카락이 쭈뼛거렸다. 어두웠지만 어딘지 알 것 같았다. 할보르는 어렵지 않게 성냥을 찾아 들고 불을 붙였다. 그리고 자기가 어디 있는지 확인했다. 그는 석탄 창고로 쓰던 하우나의 별채 오두막에 있었다. 먼 옛날 닐스 노인이 돼지 오스카 왕과 머물던 곳이었다. 그날 할보르는 크리스마스 돼지를 발길질해서 밖으로 내쫓았었다. 그 바람에 벽에 작은 구멍이 뚫렸고, 방금 그가 통과한 구멍이 바로 그 구멍이었다.

할보르는 석탄 더미 위에 주저앉았다. 천천히 의식이 돌아오며 그제야 모든 상황이 이해되기 시작했다. 그는 별채 오두막을 뒤덮은 눈 더미 속에서 잠들었었다. 하우나의 오두막에서 불과 몇 미터밖에 떨어지지 않은 곳이었다. 목적지를 코앞에 두고 며칠 밤낮을 밖에서 추위와 배고픔에 떨며 두려움과 싸운 것이다. 그는 정신을 가다듬었다. 극한의 고통과 싸우던 무시무시한 날들은 지나갔고, 그는 살아남았다. 모두 구멍을 파라고 지시한 닐스 노인 덕분이었다. 이제 그에게는 닐스가 유령이든 뭐든 상관없었다. 닐스보다 더 믿음직한 친구는 없기 때문이었다. 지금 그가 피오르두르가 사용하는 석탄 오두막에 서게 된 것도, 이곳에서 고작 스무 걸음 떨어진 곳에 사냥꾼의 오두막과 따뜻한 화덕이 있는 것도, 모두 닐스 노인이 있기에 가능한 일이었다. 한마디로 기적이었다. 노르웨이의 주교들이 다 모여도, 세계적으로 권위 있는 의사들을 전부 집합시켜도, 닐스 노인이 이룬 기적을 흉내 내지는 못했을 터였다. 닐스 노인은 악몽과도 같던 그날의 크리스마스 식사를 할보르를 비호하는 수호천사로 탈바꿈시켰다. 흔치 않은 일이었다.

할보르는 웃으려 입을 벌렸다. 그렇게라도 입 밖으로 소리 내어 말하지 못한 마음을 표현하고 싶었다. 그런데 웃음이 나오지 않았다. 대신 다른 무언가가 내면을 채우며 눈가가 축축해졌다. 끝내 울음을 참지 못하고 그가 흐느꼈다. 멈추고 싶었지만 그럴 힘도, 그럴 이유도 없었다. 그래서 그는 울었다. 그것도 아주 오래, 한 번도 울어본 적 없는 사람처럼 울었다. 온몸이 부들부들 떨리며 경련이 일 때까지 눈물이 마르지 않는 샘물처럼 멈추지 않았다. 폭포수같이 떨어지는 눈물에 어느새 수염이 흥건해졌다. 피오르두르가 양동이를 들고 석탄을 가지러 오두막 안으로 들어올 때까지, 그렇게 그는 울고, 또 울었다.

피오르두르의 진정한 열정

—

이번 장에서 독자는 피오르두르
의 충격적인 과거를 알고 깊이 감
동하게 된다

할보르는 피오르두르의 침대 속에서 1월을 보내고, 2월의 일부도 보냈다. 손의 통증이 심했다. 따뜻한 곳으로 들어오자마자 두 손이 보랏빛으로 물들며 극심한 통증이 느껴졌다. 비명이 저절로 나왔다. 피오르두르는 비명을 지르는 그를 보며 좋은 징조라고 했다. 고통이 살아 있음의 증거라는 이유였다. 할보르의 양쪽 발도 동상에 걸려 고통 받기는 매한가지였다. 발목 근처를 종기가 뒤덮고 왼쪽 엄지발가락이 며칠 만에 검푸른색으로 변해서 악취를 풍겼다. 피오르두르는 캐나다 북극에서 수없이 동상에 걸린 사람을 봐온 사내답게 족집게로 엄지발가락의 죽은 살을 제거했다. 그러자 놀랍게도 통증이 줄어들었다.

첫날, 할보르는 고열에 시달리며 헛소리를 했다. 가끔 고함을 지르기도 했다. 피오르두르는 식탁에 앉아 할보르의 잠꼬대에 맞추어 뜨개질을 했다. 잠을 자는 동안, 할보르는 신과 닐스 노인에 관해 이야기했다. 그런데 가끔 그 둘에 관한 설명이 뒤섞여서 한 사람에 대한 말처럼 들렸다.

피오르두르가 아픈 발가락을 절단하던 저녁, 할보르는 정신이 놀라울 정도로 맑았다. 수술이 끝난 후, 그는 이층 침대 아래에 한쪽 다리를 걸치고 피오르두르가 만든 그로그*를 줄기차게 홀짝였다. 그가 말했다.

"뜨개질이 재미있어 보여." 피오르두르는 대답하지 않았다. 할보르의 말은 사실의 전달일 뿐 질문이 아니기 때문이었다. 잠시 후, 피오르두르가 화덕에 석탄을 채워 넣으러 자리에서 일어났다. 그리고 한마디 툭 던졌다. "뜨개질을 하면 손이 쉴 틈이 없어."

———

* 럼 또는 브랜디에 설탕과 레몬, 더운물을 섞은 음료.

할보르는 고개를 갸웃거리며 오랫동안 피오르두르의 말뜻을 생각했다. 그런데 무슨 말인지 이해되지 않았다. 피오르두르는 편집적으로 뜨개질에 애정을 쏟았다. 그가 대충 둘러댔다. "게다가 뜨개질은 아무에게도 해가 되지 않지."

피오르두르가 식탁으로 돌아와 앉았다. 그가 콧수를 세며 고개를 끄덕였다. 그리고 할보르를 바라보았다. "맞아. 세상에는 나처럼 뜨개질하는 사내도 있고," 나지막한 목소리로 그가 말했다. "발꿈치에 과거의 그림자를 달고 다니는 놈도 있지."

할보르는 순간 온몸이 뻣뻣해지며, 발가락의 상처가 욱신거리는 느낌이 들었다. 잘린 발가락 일부가 화덕에서 타는 모습을 지켜보는 것도 부당하게 여겨졌다. "어떻게 알았어?" 그가 물었다.

피오르두르는 고개를 끄덕이고 미소 지었다. "고열에 시달리며 내내 지껄였잖아. 너무 걱정하진 마. 누구나 그런 비밀을 하나쯤 갖고 있으니까." 그가 뜨개바늘로 머리 가죽을 긁으며 말을 이었다. "왜인지는 모르지만, 북극에서는 그런 일이 자주 일어나지. 끓는 압력솥 같은 아랫동네 자식들보다 우리가 우리 자신과 함께하는 시간이 많아서일까?"

할보르가 어색한 몸짓으로 이불의 주름을 폈다. 그는 피오르두르가 닐스 노인의 그림자를 알게 되어 몹시 당혹스러웠다. "내가 미쳤다고 생각해?" 그가 자그마한 목소리로 물었다. "옛날에 동료를 잡아먹은 사람이라서?"

피오르두르는 입가에 다정한 미소를 짓고 고개를 저었다. "미쳤다고? 아니야, 어떻게 그런 생각을 해? 할보르, 미친 건 우리가 아니야. 오히려 우리가 미쳤다고 생각하는 놈들이지. 놀랍긴 하지만 불가사의한 일은 삶에서 언제고 일어날 수 있어. 그런 걸 부정하는 사람들이 오히려 이상해."

"아냐, 논리적으로 생각해보면 그들이 옳아. 그래서 내가 닐스 노인의 그림자를 봤다고 아무에게도 말하지 않은 거야."

피오르두르가 뜨개질을 멈추었다. "멍청이, 왜 모든 게 논리적이어야 하지?" 그가 물었다. "물론 죽은 사람의 그림자가 실재한다고 믿는 대가리는 논리와 거리가 멀지만 그렇다고 네가 틀린 건 아냐. 다들 머리가 나빠서 이해하지 못할 뿐이니까. 너도 신에 관해서는 황당무계한 소릴 지껄이잖아. 알다시피, 신도 논리적이지는 않아. 신학교에서 읽은 책들을 생각해봐. 그럼 내 말에 수

궁이 갈 테니까. 안 그래?"

할보르는 살점이 모두 떨어져 나가 삶은 러닝셔츠로 둘둘 말은 두 손을 들여다보았다.

"피오르두르, 그런데 뜨개질은 왜 해?" 그가 조심스럽게 물었다.

피오르두르는 눈살을 찌푸렸다. "그럴만한 이유가 있어." 그가 간단히 대답했다. 그리고 그 저녁 내내 다른 말이 없었다.

2월 13일, 태양이 돌아왔다. 할보르는 쿤섬까지 피오르두르와 산책할 수 있을 정도로 건강이 회복되었다. 다리에 난 종기도 거의 사라졌고, 손가락과 손등에 새 살이 돋기 시작했다. 엄지발가락 하나를 잃어서 균형을 못 잡고 절룩거리기는 했지만, 그 외에는 몸이 새 동전처럼 깨끗해졌다.

변한 것은 할보르의 외모만이 아니었다. 내면에도 큰 변화가 있었다. 그는 이제 두려움을 느끼지 않았다. 과거를 돌아보지 않았고, 미래를 갈망하지 않았다. 대신 깊은 평화가 내면에 자리 잡았다. 닐스 노인의 그림자가 여전히 따라다녔지만, 예전과 달리 영원히 곁에 머물기를 바랐다. 닐스 노인은 어느새 할보르를 지키는 수호

천사로 바뀌어 있었다.

그들은 아침 일찍 출발해 태양이 뜨기 전, 섬에 도착했다. 두 사람은 썰매에 걸터앉아 아름답다 못해 경이로운 일출을 감상했다. 저 멀리 남쪽 하늘과 지평선이 만나는 지점이 불꽃처럼 붉게 타올랐다.

이러한 순간에는 자기만의 생각에 빠지기 마련이었다. 그런데 피오르두르가 생각을 말로 하는 사람처럼 누구에게도 들려준 적 없는 이야기를 털어놓기 시작했다. 전부 다 긴박한 순간이 아니고는 솔직하게 내보일 수 없는 이야기였다. 그가 속내를 드러낼 수 있었던 까닭은 전적으로 어둠 덕분이었다. 어두우면 상대방의 얼굴이 붉어졌는지, 거짓말을 하는지 가늠할 수 없기 때문이다. 그가 말했다.

"할보르, 아마 너도 들어서 알겠지만, 난 저 아래 아메리카 대륙에서 여러 해를 살았어. 아직도 눈에 선해. 처음 소년 선원으로 허드슨만에 도착하던 때가. 도착 즉시 난 그 지방의 매력과 사람들의 생활 모습에 반했어. 첫해에는 페인만의 늙은 모피 사냥꾼 집에서 수습생으로 있으면서 일을 배웠어. 늙은이한테 배운 건 쉼 없이 가해지는 채찍질뿐이었지만." 피오르두르는 무의식적으로 썰매 밧줄을 배배 꼬았다.

"얘기를 계속해도 될까?"

"물론이야." 할보르가 대답했다. 멀리 지평선이 기적처럼 밝아왔다.

"고된 시절이었어." 피오르두르는 추억에 잠겨 한숨을 내쉬었다. "그런데 한 날은 갑자기 그만 배워도 되겠다는 생각이 들었어. 그래서 채찍으로 노인을 흠씬 두들겨 패고, 그곳을 떠나 혼자 사냥해 먹고 살 수 있는 곳을 찾았어. 그러다 보니 어쩌다가 사우샘프턴섬* 위도의 연안까지 흘러들었어. 딱히 마음에 들지는 않았지만, 산에는 여우가 많고 피오르에도 바다 포유류가 우글거려서 난 그곳에 오두막을 짓고 자리를 잡았어." 피오르두르는 할보르를 쳐다보았다. "해가 다 뜰 때까지 기다리며 차를 끓여 마실까?"

"좋은 생각이야. 사실 나도 차 생각이 간절했어." 할보르가 고백했다. 그들은 버너를 꺼내고 냄비에 눈을 채웠다. 피오르두르가 버너에 불을 지피며 이야기를 다시 시작했다.

---

* 캐나다 허드슨만 어귀에 있는 섬으로, 캐나다 기마경찰대와 기상 관측소가 있다.

"오두막에서 혼자 살던 그해, 우연히 어떤 여자를 만났어. 혼혈이었는데, 눈 위에 쓰러져 있었지. 집에서 몇 킬로미터 떨어진 곳이었어. 무슨 사정인지는 모르지만, 여자는 굉장히 딱해 보였어. 그래서 집으로 데려가려고 하니까 겁에 질려 벌벌 떨며 완강히 버티더군. 그렇다고 그냥 두고 갈 수는 없었어. 무슨 일이 벌어질지 훤히 보였으니까. 하는 수 없었지. 나는 저항하는 여자를 억지로 끌고 집으로 갔어." 피오르두르는 미소를 지으며 냄비 안에서 천천히 녹는 눈을 응시했다. 그가 말을 이었다.

"여자의 이름은 페투아였어. 작고 어린 여자였는데 가족과 함께 크리벨리까지 올라온 거였어. 하하, 아직도 그곳을 생각하면 웃음이 나와. 골짜기라고 하기엔 지형상 맞지 않았거든. 여하튼, 아버지와 두 형제가 눈보라 속에 실종되는 바람에, 페투아는 어머니와 함께 해안을 향해 걷다가 세상에서 가장 더러운 족속을 만났어. 짐승보다도 못한 놈들이었지. 여자 둘을 집으로 데려가 몹쓸 짓을 했으니까. 비열한 자식들이 가여운 여자 둘을 데리고 그 짓을 한 거야. 할보르, 혹시 지루하면 얘기해. 이런 얘기로 널 피곤하게 하고 싶지는 않아."

물이 끓었다. 피오르두르는 입술을 오므리고 냄비를 버너에서 내렸다. 이어 찻잎을 넣고 차를 보온병 둘에 나뉘 담았다.

"그 시절 허드슨만을 배회하던 사내들은 신도 악마도 두려워하지 않았어. 물론 개중에는 정직한 사람도 있었지만, 비열한 자들이 훨씬 많았지. 페투아의 어머니는 그런 놈들에게 부당한 대우를 받고 즉사했어. 놈들은 죽은 그녀의 어머니를 크레바스로 들고 가 던졌고, 페투아는 그 틈을 타 라켓*을 훔쳐 신고 도망쳤어. 에스키모가 자기를 도와줄 거라 믿고, 북쪽으로 걸었지. 다행히 눈이 많이 내려서 불한당들의 추격을 피할 수 있었어."

"그 가엾은 여자는 열여드레를 걷고 또 걸었어. 내가 발견했을 땐 죽기 일보 직전이었지."

그들은 차를 마시며 잠시 각자의 생각에 잠겼다. 잠시 후, 피오르두르가 다시금 입을 열었다.

"상상도 못 할 만큼 예쁜 여자였어. 얼마 지나지 않아 그녀는 나를 믿기 시작했어. 그 시절에는 우리 둘 다 젊었어. 우리는 16년간 함께 살았는데, 둘 중 하나가 먼저 떠나리라고는 한순간도 상상하지 않았어. 나는 그녀를 무척 사랑했어. 그녀를 만나기 이전에도, 만나고 난

—

* 눈밭에 빠지지 않도록 신발 위에 신는 라켓 모양의 눈 신.

Pethua ← ♥ → Fjordur

이후에도, 그녀는 내 아내이자 친구였어. 그리고 아직 여기, 나와 함께 있어. 내 머릿속에, 내 웃음 속에……! 할보르, 무슨 말인지 알지?"

"응." 할보르는 고개를 끄덕였다. 차를 한 모금 마신 뒤, 그는 닐스 노인의 그림자를 생각했다. "어떤 느낌일지 알 것 같아. 이 얘기가 뜨개질과 연관되어 있다는 것도. 페투아가 뜨개질을 했던 거지?"

피오르두르는 보온병을 내려놓고 파이프에 불을 지폈다. 그리고 할보르의 질문을 듣지 못한 사람처럼 이야기를 이어나갔다.

"우리는 16년 동안 행복하게 살았어. 이곳에서 저곳으로 옮겨 다니며 겨울을 날 작은 집을 지었지. 겨울 한철 외에는 진정한 유목민의 생활이었어. 그래도 부족함 없이 살았어. 나는 사냥을 잘했고, 페투아는 무에서 유를 창조하는 재능이 있었으니까. 그런데 한순간에 모든 것이 변하고 말았어."

"겨울이었고, 페투아는 나뭇가지를 주우러 밖으로 나갔어. 순록 고기를 훈제할 나무가 필요했거든. 그런데 밤이 되도록 돌아오지 않았어. 걱정되어 밖으로 나가 찾아봤지만, 페투아는 어디에도 없었어.

몇 달 동안 찾아 헤매도 보이지 않았어. 그러던 어느

날 방랑 중인 한 인디언이 내게 말했어. 남쪽으로 100여 미터 떨어진 곳에 사는 두 짐승에 관해서. 그들은 두려운 게 없다고 했어. 나는 남쪽으로 내려갔고, 마침내 페투아를 찾았어. 그런데 그녀가 죽어 있었어. 피를 흘리는 발에는 늑대 덫이 물려 있었지."

파이프를 쥔 피오르두르의 손이 파르르 떨려왔다. "그걸 보고 나는 무너졌어. 나는 페투아를 데리고 와 정성껏 묻어줬어. 언덕 위, 동쪽 바다 쪽으로…… 페투아는 아침 햇살을 좋아했거든. 그래서 늘 새벽 첫 여명과 함께 일어났어."

할보르는 위로의 말을 하고 싶었지만, 적당한 단어가 떠오르지 않았다. 피오르두르는 동료의 침묵을 이해한 듯 계속해서 말을 이었다.

"그 후, 나는 삶에 완전히 입맛을 잃었어. 매일 하릴없이 돌아다니다가 페투아의 무덤가에 가 앉곤 했어. 그러던 어느 날이었어. 또다시 그 인디언이 나를 찾아왔어. 그리고 페투아를 잡아간 짐승들이 홀든곳으로 떠났다고 알렸어. 거기서 자기들이 잡아서 데리고 논 여자에 관해 자랑스럽게 떠벌리고 다닌다고. 도망갈 경우를 대비해 발에 덫을 물렸더니 발에서 피가 철철 흘렀다고."

피오르두르는 이마의 땀을 닦고 파이프 끝을 꽉 물

었다.

"할보르, 페투아는 두 번이나 같은 지옥을 건넜어. 왜 하필 그녀였을까? 그렇게 연약하고, 착하고, 순수한 여자가 왜 그런 일을 당해야 했을까? 그것도 두 번이나! 넌 신학을 공부했으니까 우리보다 신에 관해 잘 알거 아니야. 그러니까 설명해봐. 그녀가 왜 그런 일을 겪어야 했는지."

할보르는 고개를 저었다. "아니. 난 못 해."

피오르두르가 조용히 말했다. "이게 정말로 신이 원하던 거었을까? 응? 그렇게 생각해?"

"피오르두르, 나도 몰라." 할보르가 대답했다. "신에 대해서도 아는 게 없어. 신학 공부를 했다고 신을 아는 건 아니니까."

피오르두르가 별안간 꺼져가는 파이프를 입에서 빼냈다. "나는 석 달간 지옥에서 살았어. 내가 추격 중이라는 사실을 눈치채고 놈들은 도망을 쳤지. 그런데 그중 한 놈을 네일곳에서 발견했어. 바다에서 멀리 떨어진 곳이었는데 놈은 나를 보자마자 허벅지에 찬 권총을 빼 들고 위협했어. 총성이 울렸지만 난 아무런 고통도 느끼지 못했어. 화가 날 대로 나 있었으니까. 내가 다리에 총을 맞았다는 사실을 안 건, 놈의 멱살을 잡고 난 뒤였어."

"그를 죽였어?"

"응. 옛날에 늙은이 모피 사냥꾼이 여우를 죽이던 것처럼, 기쁜 마음으로 천천히 숨통을 조여줬어."

"다른 한 명은?"

"그 자식은 나중에 벌목꾼의 야영지에서 만났어. 난 그자의 숨통이 끊어지기 전에 공범의 이름을 불라고 위협했어. 해충을 몰살시킬 생각이었거든."

"피오르두르, 너 나이가 몇이야?"

"나도 정확히는 몰라. 세지 않은 지 오래되었으니까. 하지만 적지는 않아."

할보르는 피오르두르 쪽으로 시선을 옮겼다. 남쪽 산등성이가 오렌지빛으로 물들고 있었다. "비요르켄이 말하더군. 피오르두르의 은밀한 열정은 뜨개질이라고. 페투아가 뜨개질을 했던 거지?"

피오르두르는 고개를 끄덕이며 산 뒤로 위풍당당하게 모습을 드러내는 태양을 응시했다. "맞아, 그녀가 내게 뜨개질하는 법을 가르쳐줬어. 여하튼 난, 몇 년 동안 강간범들을 죽이고 다녔어. 방황의 시간이었지. 그러던 어느 날이었어. 더는 그런 식으로 살 수 없다는 생각이 들었어. 그즈음, 나는 허드슨만의 전설이 되어 있었고, 모두가 나를 무서워했어. 내가 해를 끼치지 않은 평범한 사람들도 나를 보면 벌벌 떨었지. 페투아가 완성하지 못한 뜨개질감을 발견한 것도 그 무렵이었어. 그 뒤로 나는 내 손이 범죄자들의 숨통을 조이고 싶어 안달일 때마다 뜨개질을 시작했어. 뜨개질은 악마처럼 고약해. 마음의 평화를 주지만 두 손을 묶어놓으니까. 그래도 멈출 수 없어. 뜨개질하는 동안에는 페투아가 잠시라도 되살아난 느낌이 들거든. 이거라도 안 했다면 난 아마 아직도 범죄자들을 죽이고 다녔을 거야."

"그렇구나. 그러면 뜨개질을 계속해야겠네."

"응. 아직도 가끔 병이 도져서 뜨갯감을 손에서 놓을 수가 없어. 특히 강간범에 대한 소식이 들려오거나, 양모가 떨어지는 계절이 오면 심해져. 여하튼 페투아가 세상을 떠난 뒤, 난 오래도록 고독한 시간을 보냈어. 얼마나 외로웠는지 몰라. 사람들은 나를 피했고, 정직하고 선한 이들도 나와의 왕래를 꺼렸어. 모두가 나를 최후의 심판관처럼 여겼으니까. 내가 허드슨만을 떠나 아이슬란드로 오게 된 것도 다 그래서야."

할보르는 피오르두르를 곁눈질로 훔쳐보았다. "……그럼, 여기서는…… 여기선 그냥 뜨개질만 했어?"

"응. 여기는 강간범이 없잖아." 피오르두르가 대답했다. "마침내 해방된 거야. 지금은 뜨개질이 일상이 되었어. 뜨개질을 하면 페투아가 생각나서 가끔 행복해져."

할보르는 아침 해를 보려고 고개를 돌렸다. 하지만 마음껏 감상하지는 못했다. 몇 분도 지나지 않아 해가 사라진 탓이었다.

"피오르두르, 얘기해줘서 고마워. 네가 왜 그렇게 뜨개질을 좋아하는지 이제 알겠어." 할보르는 빈 보온병을 아이슬란드인에게 건넸다. "지금까지 본 것 중에서 가장 아름다운 일출이었어."

피오르두르가 자리에서 일어났다. 그러고는 썰매 가방에 물통을 집어넣고, 개들에게로 가서 회색과 흰색 털이 섞인 놈을 끌어당겼다. 덩치가 제법 큰 녀석이었다. 개는 갑작스러운 피오르두르의 방문에 으르렁거리며 이빨을 드러내고 허벅지를 물려고 달려들었다.

"불한당 같은 놈, 자유의 시간이 왔어." 그가 중얼거렸다. 그리고 목줄을 풀어 개를 멀리 내쫓았다.

"왜 풀어줘?" 할보르가 놀라서 물었다. "저 개하고 성격이 안 맞아?"

"응, 저 녀석은 개가 아니라 늑대거든. 11월에 내 별채 오두막으로 숨어들어서 크리스마스 햄을 훔쳐 먹었어." 피오르두르가 1미터 정도 떨어진 곳에 엎드린 늑대의 노란 눈을 노려보며 겁을 주었다.

"늑대?"

"응, 무리에서 떨어져 나와 방황하던 고독한 늙은 늑대. 그래도 도둑은 도둑이야. 내 크리스마스 햄을 훔쳤으니까. 햄이 사라진 사실을 알고 난 녀석을 추격했어. 그리고 피오르 한가운데서 크리스마스 저녁 만찬을 싹 먹어치운 녀석을 발견했지. 녀석은 마취탄 몇 발에 쓰러졌어. 어쨌든 오늘은 놈이 햄을 훔쳐 먹은 죗값을 전부 치른 날이야. 첫 태양이 뜨는 날 풀어주겠다고 약속했으니까." 피오르두르는 꼼짝하지 않는 늑대를 향해 눈덩이를 던졌다. "회색 발! 가, 어서 가!" 그가 소리쳤다. "그리고 다음부터는 내 잔칫상에 얼씬하지 마라!" 그는 늑대를 묶어두었던 멍에를 둘둘 감아 썰매 위 가방에 넣었다. 할보르는 놀란 표정으로 늑대와 피오르두르를 번갈아 보았다. '피오르두르가 정의의 심판관이었다니! 그것도 남다른 재주를 지닌!'

사방이 어두웠다. 하우나에 도착하기도 전에 또다시 밤이 찾아왔다. 회색 늑대가 그림자처럼 그들을 뒤따랐지만 둘 다 눈치채지 못했다. 덕분에 늑대는 몰래 썰매 근처로 가 개들 사이에 누워 안도의 한숨을 내쉴 수 있었다.

과거의 그림자

—

이번 장에서 비요르켄은 라스릴을 교
화한다며 약간의 위험을 감수한다

할보르는 4월 초에 하우나를 떠났다. 오두막을 나서
며 그는 피오르두르에게서 격자창 무늬의 썰매와 개 세
마리를 빌렸다. 발가락 수가 부족해서 스키를 타기에
부적합한 탓이었다. 출발 당일 피오르두르는 오두막
창고를 정리하느라 무척 바빴다. 할보르가 일어나기도
전에 정리 벽이 발동해서 평소처럼 모닝커피도 같이 마시
지 못했다.

할보르는 거의 다 피오르두르에게서 빌린 소지품을
챙겨 들고 썰매로 갔다. 그러고는 썰매에 개를 연결하고

집주인을 기다렸다. 하지만 피오르두르는 나타나지 않았다. 그는 별채 오두막에서 밀가루 자루를 옮기고, 석유를 작은 통에 옮겨 담고, 스키를 선반에 정리하고, 라켓을 줄지어 벽에 기대놓고, 비질을 하느라 분주했다. 할보르는 기다리다 못해 인사를 하러 별채 오두막으로 갔다.

"피오르두르, 이제 가려고."

"아, 그래. 좋은 여행이 되길 바라." 희미한 불빛 속에서 피오르두르가 대답했다.

"그동안 고마웠어. 덕분에 잘 있다가 가." 할보르가 말했다.

"뭘, 아무것도 아니야." 집주인이 숨을 헐떡이며 소금에 절인 청어 통을 구석진 그늘로 밀어 넣었다.

"피오르두르, 진짜 갈게. 다음에 또 만나."

"응, 할보르, 나중에 봐. 즐거운 여행이 되길 바라." 아이슬란드 남자가 대답했다.

할보르가 개들과 함께 길을 나서자마자 피오르두르가 오두막 앞에 나타나 손을 확성기처럼 오므려 입에 대고 소리쳤다.

"할보르, 나중에 여기서 다시 겨울을 나고 싶어지면 언제든 좋으니까 편하게 와. 닐스 노인의 그림자하고 같이."

할보르는 채찍을 휘둘러서 그러겠다는 사인을 보내고 피오르를 향했다. 사슬에 묶여서 긴 시간을 보낸 뒤라 개들은 얼음으로 뒤덮인 기슭을 힘차게 질주했다. 덕분에 개들을 쫓아가기가 힘들었다. 그는 반짝이는 빙판 위로 가뿐하게 썰매를 끄는 개들을 끝없이 잡아당겨서 속도를 늦춰야만 했다. 질주는 개들이 썰매 개의 특징인 속보로 걸을 때까지 몇 킬로미터에 걸쳐 이어졌다. 할보르는 비요르켄보르를 향해 북으로 가고 있었다. 바람이 거셌다. 그는 강풍을 피해 비스듬하게 몸을 눕혔다. 얼음 위로 엄지발가락이 하나밖에 안 남은 다리가 흔들거렸다. 바람에 한쪽 뺨을 물어뜯기며 그는 눈물을 찔끔거렸다.

　　할보르는 피오르두르의 마지막 말을 떠올리고는 썰매 가방에 매달린 닐스 노인에게로 고개를 돌렸다.

　　"닐스 너도 들었지? 아까 피오르두르가 우리 둘 다 와도 좋다고 했잖아. 너를 거리낌 없이 생각하다니, 용감한 사내야."

　　"피오르두르가 왜 나를 꺼려야 하지?" 그림자가 대답했다. "나는 피오르두르에게 나쁜 짓을 한 적이 없어."

　　할보르는 고개를 저었다. "닐스, 넌 몰라. 인간은 죽음을 면할 수 없다는 점에서 전부 같지만, 그렇다고 모두가 유령을 믿는건 아니야. 피오르두르는 그런 점에서 특별해. 아마 경험이 많아서일 테지. 비요르켄보르의 주민들도 그러면 좋으련만. 여하튼 거기 가서는 눈에 띄지 않게 조심해야겠어."

"그들은 나를 못 볼걸." 닐스 노인이 대꾸했다.

"그럼 오히려 다행이지!" 할보르는 한숨을 내쉬었다. "닐스, 비요르켄보르에 도착해서는 조금 쉬면서 나를 도와줘. 다들 아직도 내가 이상하다고 생각하니까. 제일 좋은 건, 피오르두르 빼고 나머지는 너의 존재를 모르게 하는 거야. 네 말대로 대부분은 눈치채지 못하겠지만, 이런 현상을 믿는 사람이라면 무서울 테니까. 지금은 나무에서 영이 나오는 시대가 아니잖아."

"무슨 나무?" 닐스가 물었다.

"모든 나무." 할보르가 오랜 동료에게 웃으며 대답했다.

할보르가 비요르켄보르에 가는 데는 사흘이 걸렸다. 개 셋만 끌고 온 것치고는 일찍 도착한 셈이었다. 여정 첫날 밤은 메아리 오두막에서 보내고, 위 피오르에 도착한 다음 날 밤은 썰매에서 보냈다. 이어 마지막 밤은 로스 빙하 근처의 동굴에서 보냈다. 나흘째가 되는 날 아침, 마침내 비요르켄보르의 뾰쪽한 지붕이 시야에 들어왔다. 할보르가 도착한 날은 비요르켄이 그린란드 북동부에서 사라진 에스키모에 대해 일장 연설을 늘어놓은 다음이었다. 여기서 잠깐, 비요르켄의 연설에 귀를 기울여보기로 하자. 훗날 라스릴이 어떤 감정에 공략당했는지 이해하는 데 도움이 될 것이다.

레우즈가 죽어서 소금에 절인 시체가 되어 나무통 안에 갇힌 채로 미대륙을 항해했을 때, 비요르켄은 임무를 완수한 대가로 많은 양의 책을 상속받았다. 모두 특별 단행본으로 출간된 백과사전이었다. 그는 겨우내 백과사전을 들여다보며 시간을 보냈다. 덕분에 한 해가 지나고 이듬해 겨울이 되었을 때는 연안에서 가장 유식한 사냥꾼이 되어 이제 모르는 게 거의 없었다. 부하라*의 인구수, 우르비노의 비너스**를 그린 사람이 누구인지, 분자 1그램의 부피는 얼마인지 외에도 다양한 질문에 막힘없

———

* 우즈베키스탄 중부의 주로, 인구 167만 3000명, 관개농업과 양 사육, 포도 재배와 양잠이 성한 곳이다.
** 티치아노가 그린 누드화로 우피치 미술관에 소장되어 있다. 티치아노는 베네치아 화파의 이탈리아 르네상스 화가다.

이 대답했다.

낮짝은 비요르켄과 이미 여러 해를 살았지만, 아직 오만불손한 기지 대장의 태도가 거북했다. 그런데 비요르켄이 옛것에 더해 새로운 지식으로 무장을 강화한 것이다. 반면, 라스릴은 한없이 기쁜 마음으로 스승의 마르지 않는 지식의 샘물을 받아 마셨다.

비요르켄은 끝없이 이어지는 라스릴의 질문에, 혹은 거의 모든 질문에 대답했다. 그러던 어느 날, 라스릴이 북극 어디서나 볼 수 있는 에스키모가 그린란드 북동부에만 없는 이유를 물었다. 비요르켄은 학자처럼 의자에 앉아 몸을 뒤로 젖히고 수습 기간이 끝난 제자를 자애로운 눈으로 바라보았다.

"라스릴, 이런 질문을 한 자신을 자랑스러워하도록 해. 정신이 깨어났음을 입증하는 질문이니까. 이제야 어른이 되어가고 있다는 증거지. 좋은 현상이야. 생각이란 걸 하기 시작했고, 아이처럼 용감하게 모르는 걸 묻고 있잖아. 이 점도 훌륭해." 비요르켄은 화덕 위에서 부글부글 끓는 주전자를 집어 들었다. 그가 잔 하나에 커피를 채우고 식탁 위로 라스릴을 향해 주전자를 밀었다. 곧 긴 이야기가 시작될 징조였다. 낮짝은 재빨리 자리에서 일어났다. 비요르켄은 그런 동료를 굳은 얼굴로 노려보았다.

"낮짝, 넌 안 궁금해? 우리 고장에 에스키모가 왜 없는지?"

"염병, 없으면 없는 거지 그게 뭐라고." 낮짝이 중얼거리며 황급히 석탄 양동이를 집어 들었다. 비요르켄이 연설을 시작하기 전에 도망쳐야 했다.

"쯧쯧, 낮짝의 정신은 아직도 눈먼 봉사로군." 비요르켄은 한숨을 내쉬며 오랜 사냥 동료를 주시했다. "고라니처럼 눈이 나쁘지만 그래도 훌륭한 사냥꾼이긴해." 그가 불 뿜는 용을 새긴 등짝을 의자에 기대고 라스릴을 보며 말을 이었다.

"친구, 옛날에는 이곳 연안에도 에스키모가 살았어. 그것도 꽤 많은 에스키모가. 그런데 100여 년 전에 모두 사라졌어."

비요르켄은 가르칠 것들이 천장에 새겨진 듯 고개를 뒤로 젖히고 위를 올려다보았다. "1823년, 두 돛 범선이 클레이버링 선장의 지휘 아래 영국 깃발을 휘날리며 게일 함케만*에 도착했어. 에스키모는 이 사건을 계기로 사라

---

* 그린란드 동부의 넓은 만으로 클레이버링섬의 남부와 동부를 연결한다.

졌어. 아, 그때의 일이 아직도 눈에 선하다."

라스릴이 존경스러운 눈으로 기지 대장을 바라보았다. "비요르켄, 진짜 그때 일이 생각나요? 우아, 굉장해요!"

비요르켄은 부정하지 않았다. "맞아, 그것도 정확히 기억해. 1823년에 일어난 일이고, 클레이버링 선장은 바다표범 가죽 천막을 발견했어. 조수 표에서 몇 미터 떨어진 곳이었지. 에스키모는 해변으로 다가서는 커다란 배를 보고 무서워서 모두 산으로 올라가 숨었고, 클레이버링 선장은 벙어리장갑 한 짝과 거울로 그들과의 접촉을 시도했어. 결과는 성공적이었어. 부족민 열두 명의 환심을 샀거든."

라스릴이 다시 한번 감탄의 표시를 하려 들자, 비요르켄이 손사래를 쳤다.

"친구, 다시 에스키모 이야기로 돌아가볼까?" 그가 상냥한 어투로 말을 이었다. "어디까지 얘기했지? 아, 맞아, 에스키모가 열두 명이었다는 거. 어쨌든 그 열두 명의 에스키모 안에는 여자와 어린이도 포함되어 있었는데 클레이버링 선장이 총을 어떻게 사용하는지 보여주려고 하자, 기겁하고 도망가서 온데간데없이 사라졌어. 불쌍한 원주민들이 핑음에 바다표범이 죽는 걸 보고 놀란 거지. 라스릴, 상상해봐. 네가 에스키모고 어느 날 갑자기 클레이버링 선장과 선원들이 나타났어. 그런데 이 낯선 사람들이 바다표범을 50미터 떨어진 곳에서 굉음만으로 죽였어. 기분이 어떻겠어?"

"비요르켄, 클레이버링 선장이 총알을 사용하지 않았어요?"

"멍청이, 물론 총알을 사용했지! 그런데 에스키모는 총알이 뭔지 모르잖아."

"아, 그렇군요." 라스릴은 잠시 생각에 잠겨 상상의 나래를 펼쳤다. 그리고 또 다른 질문을 했다. "그런데요, 비요르켄, 연안을 통틀어서 에스키모가 정말 열두 명밖에 없었어요?"

"클레이버링이 만난 에스키모가 더 많았을 수도 있지만 그건 아무도 몰라. 확실한 건 예전에는 이 일대에 에스키모가 많이 살았다는 것뿐이야. 눈을 주머니 안에 넣고 다니는 게 아니라면 한번 둘러봐. 얼마나 많은 에스키모가 살았는지 쉽게 확인할 수 있으니까."

"와, 정말 놀라워요. 어떻게 그걸 다 기억하죠?" 라스릴이 고개를 흔들었다. "저는 5분 전의 일도 까먹어요. 별로 중요하지 않은 일은 더 빨리 잊어요."

비요르켄이 누런 이를 드러내며 미소 지었다. 잠시 후, 한없이 다정한 눈으로 이 집의 막내를 보며 그가 말했다.

"그게 바로 너와 내가 다른 이유야. 중요한 일도 제대로 기억 못 하는 제자와 달리, 나는 과거에 일어난 일도 전부 기억하고, 지금 일어나는 일은 물론 앞으로 일어날 일의 중요성까지 전부 꿰차고 있지."

"그런데 저는 연안에서 에스키모가 살았던 흔적을 발견하지 못했어요." 라스릴이 말했다.

비요르켄은 입술을 뾰루퉁하게 내밀고 눈가에 주름을 잡았다. "친구, 내가 만약 너라면 이제부터 관찰력을 키울 거야. 눈은 장식품이 아니야. 그러니 눈을 크게 뜨고 연안을 살펴봐. 그럼 둥글거나 네모지게 쌓아 올린 돌기둥과 긴 복도가 보일 테니까. 잡초를 걷어내고 돌기둥 안을 들여다보면 유골과 화살, 살림 기구, 놀이 기구 등도 보이지. 그게 다 겨울 왕국의 옛 주인들이 사용하던 물건이야."

"어, 이제껏 그런 생각은 못 해봤어요." 라스릴이 당황해 대답했다. "제대로 보지 않고 그 많은 걸 지나쳤네요."

"괜찮아, 친구. 지금이라도 무엇에 주의를 기울여야 하는지 알았잖아. 한 가지 더 기억해둘 게 있는데, 그건 여름에는 쌓인 눈이 없어서 흔적을 발견할 기회가 훨씬 많다는 사실이야."

"비요르켄, 그런데 에스키모가 왜 사라졌어요?"

"그건 아무도 몰라. 에스키모는 순록을 따라 이주했을 수도 있고, 근친상간이나 기근으로 몰락했을 수도 있어. 아니면 고래잡이 사냥꾼들에게 전염병이 옮아 전멸했을 수도 있고. 정확하게 확인된 건 아직 아무것도 없어."

"아, 그렇군요. 굉장히 재밌어요. 여기 살던 에스키모에 대해 조금 더 알아두는 게 좋겠어요."

비요르켄은 찬성의 뜻으로 고개를 끄덕였다. "에스키모는 극지 부근에서 번성한 굉장히 중요한 민족이야."

"무슨 부근요?"

"극지 부근이라고 했어. 극지란 북극 전역을 일컫는 말이야." 비요르켄이 인내심을 갖고 설명했다. "자, 그럼 이제부터 눈을 크게 뜨고 살펴보도록 해. 나중에 내가 그 특별하고 근성 있는 민족에 관해 더 얘기해줄 테니까."

"노력해볼게요." 라스릴이 약속했다. "그러니까 얘길 조금만 더 해주세요." 그가 애원하는 눈으로 기지 대장을 올려다보았다.

비요르켄은 커피잔을 다시 채웠다. 그러더니 망설이듯, 잠시 시선을 정면에 고정한 채 꼼짝하지 않다가 마침내 허리를 곧추세우고 자세를 바로잡았다. "좋아. 그럼 진짜 조금만 말해줄게. 아주 짧게. 길어지면 네 머리로는 감당하기 힘들어."

"네, 좋아요. 제 머리가 감당할 수 있을 만큼만 얘기해주세요." 라스릴이 안도의 숨을 내쉬었다.

비요르켄은 고개를 끄덕였다. 이윽고 에스키모학에 관한 길고 긴 연설이 시작되었다. 비요르켄은 자기가 하는 말에 도취해서 낯짝이 석탄 양동이를 들고 집 안으로 들어왔다가 양동이를 내려놓고 조용히 침대 위로 올라가는 것도 보지 못했다. 비요르켄의 연설이 끝난 뒤, 라스릴은 무언가에 골똘한 듯 한동안 말이 없었다. 잠시 후, 그가 입을 열었다.

"비요르켄, 환상적이에요. 에스키모란 정말 대단한 민족이었네요. 그런데 아직 잘 모르겠어요. 그런 민족이 왜 이렇게 몽땅 사라졌는지요. 혹시, 전부 이 나라를 떠난 건 아닐까요? 에스키모 전통 배를 타고요."

비요르켄이 고개를 저었다. "아니, 난 그렇게 생각하지 않아. 전통적인 배를 타고는 블로스빌해안을 우회할 수 없어."

"하지만 민족 전체가 사라진 거잖아요." 라스릴이 같은 말을 반복했다. "어떻게 그럴 수 있지요? 상상이 안 돼요.”

"친구, 네가 상상력이 부족해서 그래. 불행한 일이지만, 머리가 아직 깨지 못했지. 신의 가호가 함께하길 바라. 그건 그렇고, 유식하다는 건 상상력이 풍부하다는 걸 말해. 상상력은 일정량의 감수성으로 상황을 연결해 추론하는 능력이고.”

"비요르켄, 어떻게 하면 그렇게 돼요?”

"친구, 그건 아무나 할 수 있는 게 아니야. 굉장히 어렵거든.” 비요르켄이 솔직하게 대답했다.

"저는 가망이 없을까요? 어쩌면 저도 그런 감수성이 조금쯤 있을지 모르잖아요?” 라스릴은 어쩔 줄 몰라 하며 큰형님을 바라보았다.

"그래, 그런 감수성이 너도 조금은 있겠지. 인정해. 그러니 너무 걱정하지 마.” 비요르켄이 수긍했다. 그가 근엄한 표정으로 옛 제자를 돌아보았다. “라스릴, 내가 너라면 지금 당장 에스키모로 북적이는 연안을 떠올릴 거야. 한계를 넘어서야 상상력을 키울 수 있거든. 한계에 갇힌 것들에게 새로운 생명을 부여하는 거야. 이런 식으로 훈련하면 침체해 있던 뇌 일부가 잠에서 깨어나 활동하게 돼. 여러 해 동안 휴경지로 남아 놀던 밭이 되살아나는 거지.”

"비요르켄, 그러려면 어떻게 해야 해요?"

비요르켄이 한숨을 내쉬었다. "내가 말하려고 했던 건, 이런 거야. 예를 들어줄게. 덫을 살피러 오두막 사이를 오갈 때, 피곤해서 움직이고 싶지 않거나 배가 고플 때, 혹은 어디든, 오, 그래 럼 골짜기가 좋겠어! 그러니까 럼 골짜기의 오두막 안으로 들어갈 때, 옛날에 에스키모가 거기서 겨울을 났다고 상상해봐. 그곳에서 그들이 먹을 것을 구하고, 마른 옷을 지어 입고, 친구들을 만났다고 상상하는 거지. 그러면 에스키모가 전통적인 방식으로 생활을 해결했듯, 네게도 이로운 많은 걸 가르쳐줄 거야."

"이로운 어떤 거요?"

비요르켄은 고개를 흔들며 라스릴을 노려봤다. "라스릴, 그만하자. 이렇게는 안 되겠어. 상상에 관한 내 얘긴 잊도록 해."

하지만 라스릴은 이미 에스키모 생각에 사로잡혀 있었다. 그래서 포기하고 싶지 않았다. "비요르켄이 말해준 대로 상상력을 키우는 연습을 해보고 싶어요. 상상력이 좋아지게요."

"그러면 망설이지 말고 지금 당장 해봐. 무슨 일이 일어나는지 알게 될 테니까. 삶은 하나의 거대한 표상에 지나지 않아. 그러니 어쩌면 너도 혼란한 정신의 흐름 속에서 중요한 뭔가를 발견할 수 있을 지도 몰라. 우리가 놓친 무언가를, 언젠가는 죽을 수밖에 없는 우리가 놓친 그 무언가를 말이지."

"알았어요. 꼭 해볼게요." 라스릴이 미소 지으며 자신 있게 대답했다. 그는 혼란한 정신의 흐름이라는 비요르켄의 말을 칭찬으로 받아들였다.

사실대로 말하자면 다음 날부터, 그러니까 할보르가 비요르켄보르에 도착한 당일부터, 라스릴의 머릿속에서 이상한 일들이 일어났다. 라스릴은 하룻밤을 꼬박 새우며 달빛으로 반짝이는 피오르를 여행하는 상상을 했다. 새벽에는 자기 모습이 갑자기 위대하고 정열적이고 환상적인 존재로 바뀌었다. 그는 머릿속으로 죽은 자들로만 가득하던 흰 풍경에 생명을 부여했다. 그러자 이미 오래전에 죽은 줄로만 알았던 에스키모의 몸에 새 살이 돋고, 뜨거운 피가 혈관을 타고 흐르며 말을 걸기 시작했다. 시간이 조금 더 지난 후에는 그들 모두가 라스릴에게 비요르켄과 낯짝만큼이나 친숙한 존재가 되었다.

할보르는 오후에 도착했다. 모두가 따뜻하게 그를 맞았다. 친구들의 환영에 행복감을 느끼며 할보르는 엘리자베스곶에서 보낸 여러 달과 매스 매슨, 밸프레드, 피오르드두르의 오두막에서 지낸 이야기를 했다. 그때 라스릴이 갑자기 끼어들었다.

"할보르도 에스키모를 봤어요?"

"어떤 에스키모?"

"연안에 사는 에스키모들요." 라스릴이 설명했다.

"남쪽 곶을 말하는 거야? 그렇다면 못 봤어. 거기는 빌리암과 중위만 다녀왔잖아."

"아니요, 옛날부터 여기 살았던 에스키모요." 라스릴이 열심히 설명했다. "그들이 아직 여기에 많아요. 그렇지요, 비요르켄?"

비요르켄이 할보르에게 한쪽 눈을 끔벅였다. "연안에 살던 에스키모 얘기를 좀 해줬거든. 무슨 말인지 알지?"

라스릴은 기지 대장을 자랑스럽게 바라보았다. "비요르켄, 에스키모에 대해 상상해봤어요. 그러자 놀랍게도 그들 모두가 완벽하게 되살아났어요. 에스키모 몇명과 친해지기까지 했어요."

"친구, 잘했어. 완벽해." 비요르켄이 라스릴에게 따뜻한 미소를 지어 보였다. "그런데 너 바이러스 포인트 연안으로 덫을 살피러 가야 하지 않을까?"

"가야죠. 그런데 지금은 손님이 와 계시잖아요……."

"내 생각에는 네가 얼른 다녀오는 게 좋을 것 같아. 덫이 약하기도 하지만, 이 계절에는 까마귀들이 가죽을 망쳐놓으니까. 지금 출발하면 우리가 잠들기 전에 돌아올 수 있어."

"네, 알았어요." 라스릴은 언제나처럼 고분고분 일어나 썰매 옷을 찾으러 다락으로 사라졌다. 그는 할보르가 도착한 후, 손님에게 침대를 내주고 소지품을 챙겨서 다락방으로 이사했다.

"무슨 일이야?" 할보르가 물었다. "라스릴이 드디어 퓨즈가 나갔어?"

"내 경험으로 봐서는 아닐걸." 비요르켄이 중얼거렸다. "그냥 상상력이 풍부해서 그래."

낯짝이 두꺼운 안경 너머로 떨떠름한 표정을 지으며 비요르켄을 흘겨보았다.

"염병, 놀라운 일은 아니지. 네가 두서없이 꺼낸 말에 라스릴이 저 지경이 된 거니까."

"친구, 두서없이 한 말이 아니야." 비요르켄이 반박했다. "너도 알아야 할 역사적인 사실이야." 그가 할보르에게로 고개를 돌리고 지난밤 라스릴에게 들려준 이야기를 한 차례 요약했다.

"할보르, 너도 알겠지만, 이런 건 배움에 굶주린 청년에게 전혀 해가 안 돼. 약간의 상상력을 이용해서 자기가 사는 시간과 장소에 흥미를 느끼고, 새로운 활력을 얻게 도우니까. 그게 나쁘지는 않잖아?"

할보르는 천천히 고개를 끄덕였다. 비요르켄이 어찌나 생생하게 말하는지 그의 의견을 존중할 수밖에 없었다. 물론 사라진 민족 이야기도 재미가 아예 없지는 않았다. 낮짝이 안경을 벗어 속옷으로 광을 냈다.

"그나저나 라스릴이 지나친 상상은 하지 않았으면 좋겠는데." 할보르가 중얼거렸다. "비요르켄, 라스릴의 머리는 우리와 같은 방식으로 구성돼 있지 않아. 다시는 그걸 잊지 마."

모두는 에스키모에 관한 이 짧은 대화를 금세 잊었다. 그리고 라스릴이 평화롭게 상상의 나래를 펼치게 놔뒀다. 그런데 한 날 라스릴의 내면세계가 완전히 변했다는 사실을 알았다. 저녁 식사 시간이었고, 할보르가 도착한 지 몇 주가 지난 뒤였다.

라스릴이 선언했다.

"비요르켄, 하고 싶은 말이 있어요. 여러 차례 얘기하려고 했는데 못 했어요. 바보 같다고 할까 봐 걱정됐거든요."

비요르켄은 타피오카 수프를 접시에 담고 있었다. 모두에게 수프를 나눠준 뒤, 그가 격려차 고개를 끄덕였다. "친구, 그럴 일은 없을 테니까 무슨 일인지 말해봐."

"네, 저, 그러니까 비요르켄도 알겠지만 얼마 전부터 온갖 상상을 했어요. 그리고 밖에서 에스키모 몇과 친구가 됐어요."

비요르켄은 자기가 했던 연설을 기억하고는 너그러운 미소를 지었다. "훌륭해, 친구! 잘했어."

"네, 그리고 지금은…… 어떻게 말해야 할지 모르겠어요. 그러니까 결국 내가…… 에이 비요르켄도 알잖아요?"

"아니, 무슨 말인지 하나도 모르겠어. 더듬지 말고 알아듣게 설명해봐." 비요르켄이 걱정스러운 눈으로 낮짝과 할보르를 번갈아 보았다.

"알았어요, 어…… 그러니까." 라스릴이 얼굴을 붉혔다. "그녀랑 나랑…… 그러니까 말하자면, 에이 다 알면서 왜 그러세요." 라스릴이 애절한 얼굴로 수프 그릇을 내려다보았다. "……그렇게 됐어요." 그가 당황한 생쥐처럼 작은 목소리로 찍찍거렸다.

"친구, 뭐? 뭐가 어떻게 됐다고?"

"네, 그러니까 어, 그녀하고 나하고……." 라스릴은

입을 다물었다. 넋 나간 눈을 하고 물 밖으로 나온 물고기처럼 입을 다물지 못했다. 라스릴은 그녀의 이름을 몰랐다. 상상 속에서 지어낸 여자였기 때문이다. 하지만 그녀는 오래전부터 이곳에 살았다. 라스릴은 모두가 이해할 만한 언어로 그녀를 소개하려고 노력했다. 그런데 한마디도 나오지 않았다. 단어들이 밖으로 나오기도 전에 사라져버렸다.

"누굴 말하는 거야?" 비요르켄이 따져 물었다.

"에, 그러니까 제가 아는 사람 얘기예요. 제게 굉장히 소중한 사람이죠." 라스릴의 눈이 습관적으로 요강을 향했다. "우리는 조용한 곳을 원해요. 그래서 한동안 럼 오두막에서 살려고요. 그래도 되죠?"

할보르와 비요르켄보르의 두 연장자는 라스릴의 가출을 도왔다. 최대한 친절하게 행동하며, 이해한다는 말도 여러 번 반복했다. 인간은 모두 각자 지고 가야 할 십자가가 있고, 라스릴에게는 이번 일이 그가 지고 가야 할 십자가였다. 라스릴은 익숙한 동물성 지방만으로도 램프를 켤 수 있다고 고집을 부렸지만, 결국 많은 양의 석유와 비상시 먹을 비스킷, 소금에 절인 돼지고기와 소 한 마리의 4분의 1에 해당하는 고기를 썰매에 싣고 조상

들과 살기 위해 집을 떠났다. 낮짝, 비요르켄, 할보르는 썰매가 더는 보이지 않을 때까지 라스릴에게서 눈을 떼지 못했다. 마침내 썰매가 시야에서 완전히 사라지자 모두는 따뜻한 집 안으로 들어갔다.

낮짝은 안경알에 서린 김을 없애기 위해 안경을 벗어 테이블 위에 올려놓았다. 몸을 덥히려고 화덕 앞에서 두 손을 비비며 그가 말했다.

"흠, 진짜 특이한 현기증이네. 중위가 앓던 것과 거의 맞먹겠어."

비요르켄이 입술을 뾰족하게 내밀며 설레발을 떨었다.

"차가운 처녀 엠마와 라스릴의 고대 여자는 같은 선상에서 이해할 수 있어. 하지만 그 두 여자 사이에는 커다란 차이가 있어. 엠마는 매스 매슨이 되팔 걸 예상하고 만든 상업적인 발명품이지만, 라스릴의 에스키모 여자는 완벽한 현실이니까. 어때? 놀라운 통찰력이지 않아? 선생들, 나도 알아. 자네들이 나를 얼마나 경이로운 눈으로 보는지."

"진짜 알긴 알아?" 낮짝이 한숨을 내쉬었다. "우리가 널 어떻게 생각하는지?"

낮짝이 말을 이었다. "비요르켄, 이상한 소릴 지껄이는 걸 보니 너도 제정신이 아니야."

낮짝의 비난에도 비요르켄의 얼굴에는 황홀감이 감돌았다.

"친구들, 이번 사건은 중대한 사실을 시사해. 우리의 소중한 라스릴이 얼마나 풍부한 상상력을 지녔는지 증명된 거잖아. 라스릴은 표현력만 좋아진 게 아니라, 고대 문화는 물론 과거의 그림자와 조화롭게 공생하는 친화력 또한 향상되었어. 놀라운 발전이야."

할보르의 시선이 옷장과 요리용 화덕 사이의 석탄 상자로 향했다. 닐스 노인은 그곳에 조용히 앉아 있었다. "요컨대 세상에는 우리가 만들어낸 과거의 그림자들이 많이 산다는 거네." 할보르가 비요르켄을 못 본 척하고 말했다.

비요르켄이 반가운 얼굴을 하고 손님 쪽으로 고개를 돌렸다. "할보르, 바로 그거야! 난 네가 이해할 줄 알았어. 공부를 많이 한 사람이고, 아직 과거와 뿌리가 단단히 연결되어 있으니까. 이런, 얘기가 다른 방향으로 흘러갔군. 라스릴이 대화의 주제였는데. 낮짝, 그렇지?"

할보르가 닐스 노인의 그림자에서 눈을 떼며, 흥미롭다는 듯 물었다. "에스키모 여자가 현실이라고 말했는데, 그게 무슨 말이야? 정말 이 연안에 에스키모가 산다고 생각해?"

"응, 어떤 점에서는." 비요르켄은 할보르의 어깨를 다정히 잡고 집에서 가장 좋은 의자로 데려갔다. "할보르, 여기 편하게 앉아. 내가 커피를 가져다줄게. 차를 마시며 초심리학과 긍정, 부정에 관한 설명을 해주지. 걱정하지는 마. 어렵지 않을 테니까. 될 수 있는 한 쉬운 단어를 사용할 거거든."

낮짝은 한숨을 내쉬며 옷걸이에 걸린 아노락을 집어 들었다. 그리고 석탄 양동이를 들고서 문 쪽에 걸었다. 아무도 눈치채지 못하게 살짝 문을 여는데, 한껏 들뜬 비요르켄의 목소리가 들려왔다.

"할보르, 혹시 이거 알아? 라스릴은 계시를 받은 청년이야. 그것도 세상의 모든 신으로부터 계시를 받은 매우 특별한 사람이지."

낮짝은 비요르켄 뒤로 문을 닫았다. 그리고 고개를 흔들며 혼잣말했다. "비요르켄, 라스릴은 생각의 기준을 다시 세워야 할 뿐이야. 아무렴 그게 제일 중요해!"

안톤의 재능

—

소설을 망치고 서사시로 전환한
안톤

그해 봄, 안톤은 자성의 시간을 보냈다. 스스로가 불만족스러워서는 아니었다. 자아 성찰이 시와 함께 시작된 까닭이었다. 그에게 시를 쓴다는 것은, 손목의 힘만으로 영혼 가장 깊은 곳의 보석을 채굴하는 것과 다름없었다.

봄이 되었고, 그는 시를 썼다. 그리고 쓴 시를 모두 한 여성에게 헌정했다. 이 여성은 특정인을 지칭하지는 않았다. 그가 이층 침대에 누워 상상한 얼굴 없는 여인이기 때문이었다.

안톤에게 그해 봄은 특별한 계절이었다. 젖먹이 송아지가 똥을 싸듯 시가 쉼 없이 쏟아져 나왔다. 시간이 지나며 그는 영혼 가장 깊은 곳까지 탐험했고, 그 안에서 시가 무르익기 시작했다. 안톤이 쓴 소설의 숭배자인 헤르베르트는 첫날부터 그의 시에 소극적인 반응을 보였다.

"안톤, 아무래도 사냥터를 잘못 선택한 듯해. 이렇게 서툰 글은 위대한 사냥꾼이 아니라 잔챙이들이나 쓰는 거거든. 이제껏 쓴 시들은 잊고, 새로운 소설을 쓰도록 해."

"헤르베르트, 그럴 수 없어." 안톤이 설명했다. "이건 내가 원하고 원하지 않고의 문제가 아니야. 저절로 나오는 거니까. 봄의 강과 같아. 어떻게 해도 막을 수가 없어."

헤르베르트는 이해하는 척했지만, 꽤 걱정이 되었다. 결과가 뻔해 보이는 탓이었다. 그는 훌륭한 사냥꾼들이 우울한 시와 함께 침잠되는 과정을 여러 번 목격했다. 그들은 처음에는 주변 사람들을 열광시키며 글을 썼다. 하지만 얼마 안 가 뜻 모를 이상한 말을 지껄이며, 자기보다 더 괴상한 자들 앞에 이야기보따리를 풀어놓으려 덴마크로 떠났다. 시란 한마디로 빌어먹을 것이었다. 지난 몇 년간 안톤은 별 탈 없이 잘 지냈다. 그런데 시가 눈사태처럼 '쿵' 하고 머리 위로 떨어졌다. 사실 헤르베르트는 시가 어디에 잠복해 있는지 알고 있었다. 시는 차가운 처녀 엠마나 중위의 산파 안에도 있었다. 그러므로 안톤이 미친 게 맞는다면, 라스릴에게로 가서 선사시대의 여자들을 나눠 가지려 할지도 몰랐다.

안톤은 그린란드 북동부를 떠난 사람처럼 행동했다. 낮을 모두 창작에 할애했고, 저녁이면 낮에 쓴 시를 외다시피 반복해 읽었다. 그리고 밤이 오면 나지막한 목소리로 얼굴 없는 여자에게 시를 읽어주었다. 헤르베르트는 그때마다 침대에 누운 채 한숨을 쉬며 안톤을 걱정했다.

그러던 어느 날, 갑자기 시의 성격이 바뀌었다. 사랑의 황홀경을 몽롱한 어휘로 노래하던 연애시가 자유를 주제로 한 긴 서사시 형태로 바뀌었다. 헤르베르트는 안톤이 말하는 자유가 정확히 무엇을 뜻하는지 몰랐지만, 투철한 기사도 정신으로 장황하게 사랑 타령이나 늘어놓는 이전의 시들에 비해 훨씬 마음에 들었다. 아래층 침대에서 밤마다 벌어지는 안톤의 시 낭송을 더는 듣지 않아도 되어 마음이 한결 편했다.

한편, 헤르베르트가 시를 이해해주기를 간절히 바란 안톤은 그를 북극으로 인도한 꿈과 희망에 관해, 그가 책에서 읽은 극지방의 영웅들과 그들의 삶에 관해, 밸프레드를 만났을 때 그가 느낀 실망감에 관해, 상상과 다른 현실에 관해 많은 말을 했다.

안톤은 책에서 읽은 영웅들의 업적과 현실 세계 간의 거리를 조금씩 좁혀나갔다. 영웅들의 삶과 자기 자신 사이의 거리를 조절하는 법을 배운 것이다. 사실, 그린란드에서 보내는 시간이 길어질수록 이러한 거리감은 눈에 띄게 줄었다. 영웅들과 마찬가지로 그 또한 두껍게 쌓인 눈 속에서 혹독한 추위와 싸우며 짐승처럼 고통받은 까닭이었다. 동상과 배고픔 등 북극권에 사는 이들이 겪어야 할 온갖 난관에 맞서 투쟁한 까닭이었다. 북극의 위대한 영웅들처럼 그는 자신이 얼마나 강인하고 자유로운 존재인지 알았다. 모두 광대한 자연이 그에게 선물한 것이었다. 안톤의 말처럼, 이곳의 별이 코펜하겐 외곽의 뢰도브레보다 밝게 빛나고, 달빛이 요정이 나오는 이야기처럼 40와트 이상으로 환한 까닭은 세상 끝의 지붕 위에 매달린 신들 덕분이었다. 안톤은 그가 말하던 대로 자유로운 인간이, 자유가 아니고는 말할 게 없는 인간이 되었다.

"그럼 다른 시들은?" 헤르베르트가 물었다.

"시는 자유에 속해." 안톤이 대답했다. 헤르베르트는

시와 자유가 어떻게 공존할 수 있는지 이해가 되지 않았다. 하지만 안톤이 연애시에서 탈피했다는 사실이 너무도 기쁜 나머지 괜한 질문으로 상황을 어지럽히고 싶지는 않았다.

"자유에 관한 네 이야기가 맞는 것 같아." 그가 젊은 시인에게 말했다. "자유란 우리가 보호해야 할 선물이니까. 자유에의 필요는 우리가 삶의 마지막 순간까지 추구해야 할 가치고. 안톤, 그런데 말이야, 자유에 한번 집착하면 거기서 헤어 나올 수 없어. 말라리아나 간경변, 탈모증과 같지. 그러니 안톤, 자유를 잘 보관해. 네가 있는 그 자리에서, 익숙한 것들을 바꾸지는 말고. 내가 말할 수 있는 건 많은 이가 여길 떠나고 견디지 못했다는 거야. 모두 더 나은 무언가를 꿈꾸며 이곳을 떠났지만, 거기서 또 다른 현기증에 사로잡혔지. 그곳의 현기증은 북극의 소박한 현기증과는 차원이 달라."

헤르베르트는 무엇보다도 안톤의 병이 재발하지 않아 마음이 놓였다. 안톤은 자유에 관한 서사시를 계속 써나갔고, 뒤죽박죽 아무렇게나 갈겨 쓴 노트 속 글에는 소설도 포함되어 있었다. 시와 반대로 소설은 좋아한 헤르베르트는 소설의 탄생 과정을 곁에서 묵묵히 지켜보았다. 안톤이 이 문장에서 저 문장으로 옮겨 가며 글을 쓰는 동안, 그는 위대한 작가와 한집에 살며 조립식 침대를 나눠 사용한다는 점에 큰 자부심을 느꼈다. 안톤의 글에 감동한 나머지 노트를 빌려다 비요르켄보르의 주민들에게 큰 소리로 읽어주기까지 했다. 낭독이 끝났을 때 낯짝은 의미심장한 표정으로 고개를 끄덕이며 두꺼운 안경알 너머로 눈을 감았고, 문자를 곧이곧대로 이해하는 라스릴은 소설에 은유가 등장하자 곧바로 길을 잃었다. 그래도 입을 벌린 채 눈을 반짝이긴 했다. 비요르켄은 집게손가락으로 앞니를 두드리며 가슴에 잔물결을 일으키고 항해하는 세 돛 범선을 힘차게 문질렀다. 그리고 아래와 같은 감상평을 남겼다. "유망주야. 어린 나이인데도 탁월한 재능이 있어." 비요르켄의 입에서 나온 말이었기에 아첨의 소리는 아니었다. 소설은 해안 전역을 돌며 사냥꾼들 사이에서 두루 읽혔다. 물론 언제나처럼 예외는 있었다. 몇 줄 읽다 말고 잠든 밸프레드가 바로 그 예외였다. 이런 점에서 볼 때 헤르베르트는 안톤의 작품을 출판하는 발행인이었다. 그는 안톤의 작품을 발굴해 유명하게 만들고 현장에서 들려오는 찬사의 말을 모아 작가에게 전했다.

자유를 주제로 글을 쓰며 더 깊이 영혼에 침잠하기 위해 안톤은 자기 성찰의 시간이 필요하다고 고백했다. 방

해받지 않기 위해 그는 스벤슨의 혹 뒷산에 올라 아직 얼음이 풀리지 않은 강 근처에 자리를 잡았다. 어디서부터 어떻게, 정확히 무엇을 해야 할지 몰랐지만, 어린 시절로부터 시작하는 쪽이 무난할 듯싶었다. 잠시 어지러운 기억들이 스쳐 지나갔다. 그리고 오래지 않아 유년기에 이어 청소년기를 회상할 수 있었다. 추적은 계속되었다. 그러다가 핌불의 밸프레드 집에 머문 시절에서 멈추었다. 안톤은 주차장에 이른 확신이 들었다. 이런 걸 두고 자기 성찰이라고 부르는지는 모르지만, 자기 성찰이라는 것은 비요르켄의 말처럼, 역사를 가진 무언가를 단순히 되씹어보는 것일지도 몰랐다. 그가 살아낸 모든 시간이 안톤 페데르센이라는 한 사람의 인격을 구축하는 데 참여한 까닭이었다. 그렇다고 생생한 과거에의 응시가 앞으로 수놓아갈 미래를 보여주지는 않았다. 새로운 창작물에 관한 실마리를 제공하지도 않았다.

안톤은 두 손을 내려다보았다. 그러자 커다란 손바닥과 기다란 손가락, 손등 위로 툭 불거진 굵은 힘줄이 눈에 들어왔다. 안톤 페데르센의 손이었다. 이 충실한 도구를 사용해 그는 지금까지 수많은 일을 했다. 손바닥에는 그가 읽을 줄 모르는 선이 있었다. 인생을 알려준다는 이 선의 모양과 곡선이 휜 정도에 따라 미래가 정해졌다. 안톤은 손금을 바라보며 이상하게 마음이 정화되는 것을 느꼈다. 손금 안에 시와 현실이, 인생 전체가 담겨 있다니! 불행히도 그는 운명을 내다볼 수 없었지만, 다가올 미래가 놀라움으로 남길 바랐다. 불가항력적 힘으로 그를 연애시 속으로 데려가길 바랐다. 안톤은 이런 식으로 인식의 급격한 변화를 가졌고, 그런 그를 이해하려면 우리는 이제 스벤슨의 혹을, 북극을 떠나 밝은 하늘 아래에서의 모험을 해야만 한다.

미스 마 킨 마훈

—

갑자기 인도로 샌 이야기와 자기가 미친 게 아니라 기분 전환 겸 인도의 고온다습한 기후로 눈을 돌린 것뿐이라고 주장하는 작가

마 킨은 큰개자리가 지배하는 7월의 어느 날, 역사적으로 큰 모험가가 되기에는 너무 늦은 시기에 태어났다. 그녀가 태어났을 때는 이미 오래전에 나일강의 기원이 밝혀진 뒤였고, 남아메리카도 널리 알려져 유명해진 뒤였으며, 인간의 손길이 상상하기 힘든 높이와 깊이까지 도달한 뒤였다. 그뿐만 아니라 인간은 날아다니는 기계를 타고 하늘을 누비기 시작했다. 이것은 인간이 밝혀낼 신비가 세상에 더는 많지 않음을 의미했다.

마 킨은 다른 모두처럼 자기가 태어날 날과 낳아줄

부모를 고르지 못했다. 그녀를 만들 난자 하나가 무희의 난소에서 떨어져 나와 지방의원인 미스터 샤를르 마훈의 정자와 만난 곳은 태국의 어느 신전이었다. 샤를르 마훈은 구릿빛 피부의 젊고 아름다운 여자에 열광하는 사내였다. 그는 이 부분에 관한 한 자신이 존경받는 성을 가졌음을 완벽하게 망각했다. 성뿐만 아니라 높은 지위와 아내 미세스 도러시 파세트 마훈도 잊었다. 그의 아내는 벵갈 총독인 에드윈 파세트의 딸이었다.

마 킨의 존재는 1년 반 동안 비밀에 부쳐졌다. 도러시 파세트 마훈은 비밀이 누설되자 스캔들을 피해 런던으로 날아갔다. 그리고 유능한 변호사의 도움으로 과감하게 자기 성에서 마훈을 떼어냈다. 아이의 아버지는 신들린 사람처럼 무희와 지속적인 관계를 맺었다. 그리고 무희를 하녀의 신분으로 집에 들였다. 물론 그녀에게 집안일을 시키기 위해서는 아니었다.

샤를르 마훈은 14년에 걸친 미얀마에서의 근무를 제대로, 그리고 합법적으로 마쳤다. 그리고 부남의 주지사로 발령받았다. 그를 따라 신전의 무희와 그녀의 딸이 부남으로 이주했다. 어린 서출은 카슈미르숲에서 매혹적으로 성장했다. 부남에 도착한 지 얼마 안 가 완벽한 야생성을 드러내며 통제 불가능한 소녀가 되었다. 그녀의 어머니는 부남에 정착하고 2년 뒤, 산의 차가운 기후를 견디지 못하고 미얀마의 따뜻한 기후로 되돌아갔다. 그리고 마 킨을 버리고 코끼리 여덟 마리를 소유한 나무 도매상과 결혼했다. 마훈은 딸을 무척 아꼈다. 그래서 곱지 않은 시선으로 그를 바라보는 주변 사람들을 물리치고 마훈이라는 성을 딸에게 물려주었다.

샤를르 마훈에게는 집이 두 채 있었다. 잠무의 온화한 기후에서 겨울을 나고, 카슈미르 지방의 스리나가르에서 시원한 기후를 즐기며 여름을 나기 위해서였다.

어린 마 킨은 8000미터 높이에 수직으로 솟은 집 계단을 바라보았다. 산의 이름은 낭가였다. 마 킨은 산을 뒤덮은 넓고 파란 하늘을 평생 그리워했다. 파탄족* 하인인 씽 노인은 하늘에 유일신이 산다고 말했다. 그러면서 하늘나라가 음악과 춤, 과자와 미녀로 넘쳐나는 즐거운 곳이라고 했다. 씽 노인의 말에 마 킨은 하늘나라도 지상처럼 여자보다는 남자에게 살기 좋은 곳이라고 생각했다. 천상의 세계에 있다는 것들이 전부 여자보다는 남자가 좋아하는 것이기 때문이었다.

———

* 파키스탄 서북부에 사는 아프간족.

미스터 마훈에게 가장 큰 걱정은 마 킨이 주지사의 딸로서 마땅히 누릴 혜택에 전혀 관심이 없다는 점이었다. 마 킨은 현지 남자아이들과 나룻배를 타고 젤럼강*까지 가서 수영 대회에 참가하고, 노련한 등반가들과 산속 덤불숲을 탐험했다. 게다가 폐하를 모시는 관리들도 이기지 못할 만큼 폴로를 잘 쳤다. 그뿐이 아니었다. 열다섯 살이 되던 해에는 아버지의 부하 직원 차를 산적처럼 훔쳐 달아나기도 했다. 마 킨은 빠르게 성장했고, 그녀의 행적은 북인도 전역에 전설이 되었다. 그녀에게는 작은 소원이 하나 있었다. 아버지의 울타리를 벗어나 중압감으로부터 해방되는 것이 바로 그 소원이었다.

진학을 위해 마 킨은 스위스에 있는 여자 학교에 서류를 보냈다. 알프스의 기후가 카슈미르와 비슷해서 흥미진진할 것 같다는 이유였다. 그런데 알프스는 카슈미르처럼 야성적인 매력을 가진 곳이 아니었다. 샤를르 마훈은 학교 입학과 함께 마 킨의 천방지축인 성격이 수그러들기를 바랐다. 하지만 두 달도 되지 않아 생가브리엘

---

* 캐시미르 남부에서 발원하여 파키스탄에 이르는 725킬로미터에 달하는 긴 강.

기숙사에서 쫓겨났다. 주지사는 학교 책임자로부터 편지를 받았다. 로잔에 성적으로 탈선했거나 조현병에 시달리는 소녀들을 잘 치료하기로 이름난 슈투츠마이어라는 박사가 있다는 내용이었다. 마 킨도 그에게 편지를 썼다. 프랑스인 등산가 둘과 눈 덮인 산을 등반했을 때의 감동과 그들과 텐트에서 보낸 황홀한 밤을 묘사한 내용이었다. 편지에는 짧은 가죽 바지에 남자용 셔츠, 사냥꾼들이 쓰는 베레모를 쓰고 학교로 돌아갔을 때 그녀가 느낀 분노에 관해서도 적혀 있었다.

미스터 마훈은 딸이 인도로 쫓겨 오지 않기를 바랐다. 그래서 비탄에 젖은 얼굴로 형 조지를 찾아갔다. 형은 마 킨이 런던에서 살 수 있게 돕겠다고 약속했다. 마 킨은 곧 아버지가 태어난 나라에 도착했다. 조지 삼촌은 유쾌한 독신으로 상속받은 재산이 많아서 일하지 않고도 어려움 없이 사는 남자였다. 그런 그가 유일하게 열정을 쏟는 것이 있었다. 바로 사냥이었다. 그는 마 킨의 일에 간섭하지 않았고, 조카가 자신의 이상한 습관을 비난할 여지를 만들지 않았다. 따라서 삼촌과 조카는 사이가 무척 좋았고, 가족이라는 엄격한 테두리 안에서 누릴 수 있는 최대한의 애정을 서로에게 쏟았다.

마 킨은 아름다웠다. 어머니에게서 물려받은 가녀리

고 유연한 몸매와 아버지에게서 물려받은 짙은 파란색 눈, 흑진주 같은 머리카락, 반짝이는 구릿빛 피부가 뭇 남성들의 가슴을 설레게 했다. 그래서 런던 체류 초기에는 그녀에게 사랑을 고백한 남자가 많았다. 하지만 그들의 사랑은 오래가지 않았다. 모두 마 킨과의 관계를 유지할 만큼 인내심이 크지 않은 탓이었다.

마 킨은 열아홉 살에 대모험을 꿈꾸었다. 치밀한 계획도 세웠다. 그리고 하나씩 실행에 옮겼다. 삼촌은 그녀가 매해 수공예로 스무 대의 자동차를 생산하는 웨일러 형제 집에서 기계공 일을 배우기 시작한 사실에 크게 기뻐했다. 마 킨은 형제로부터 더는 배울 게 없게 되자 비행기 모터를 만드는 스미스 앤드 듀포트사에 들어갈 방법을 찾았다. 비행기가 그녀에게 꿈을 꾸게 한 까닭이었다.

마 킨은 낭가의 푸른 산맥을 잊지 못했다. 곧잘 그 산들과 마주하는 꿈을 꾸기도 했다. 스무 살에 그녀는 나는 법을 배웠다. 그리고 카우더슨의 전투기 조종 대원으로 1년을 지냈다. 이후 그녀는 카슈미르행 비행을 신중히 준비했다. 실전에 앞서 다른 푸른 산에서 짧은 비행 경험을 쌓는 계획도 세웠다. 마 킨은 삼촌의 돈으로 아브로 에이비언 III를 마련했다. 1928년 레이디 헬스곳에서 크로이던*까지 비행한 것과 같은 모델이었다. 비 내리는 4월의 어느 날이었다. 아브로 에이비언 III는 추가 기름 탱크와 서리 제거 장치, 항해 도구를 장착하고 마지막 경적을 울리며 아이슬란드를 향해 런던 외곽의 벌판을 날아올랐다.

레이캬비크**에서 스물네 시간을 기항한 후, 마 킨은 푸른 산을 향해 계속 비행했다. 아침 일찍 이륙해 윙윙거리며 잠든 도시 상공을 지난 뒤에는 북동쪽으로 항로를 변경했다. 해가 떠오르며, 사슬처럼 지평선 위에 늘어선 구름 아래로 붉은 띠가 남북으로 이어졌다. 마 킨은 로스 바다 위를 낮게 날았다.

덴마크해협을 지나는 데에는 총 여섯 시간이 걸렸다. 그린란드의 북동 해안이 보이자 그녀의 심장이 요동쳤다. 기대했던 것보다 훨씬 아름다웠다. 히말라야만큼 아름답기도 했다.

해안을 따라 톰슨곶과 같은 위도를 날며 그녀는 먼 곳에 있는 작은 오두막을 하나 발견했다. 클레이버링섬

---

* 영국 런던 남부에 있는 도시로 템스강 우안 구릉지대에 있다.
** 아이슬란드의 수도, 항구도시.

상공을 비행해 쿤섬을 지날 때였다. 그녀의 심장이 행복감에 따뜻하게 데워졌다.

럼 골짜기에서 조금 더 북쪽으로 이동하는데 상황이 갑자기 안 좋아졌다. 모터가 작동을 멈추고 이상한 소리를 내기 시작한 것이다. 메마른 소음을 내며 기체가 흔들렸다. 점화장치의 계기판 바늘도 끝까지 내려가며 균형을 잡지 못했다. 마 킨은 영어와 우르두어로 번갈아 행운을 빌며 눈으로 뒤덮인 피오르 위에 착륙할 준비를 했다.

착륙하기 직전, 드디어 모터가 영혼을 반납했다. 오른쪽 톱니바퀴가 깨지며 비행기는 한쪽 날개를 바닥에 대고 50여 미터를 미끄러졌다. 마 킨은 잠시 눈을 깜박였다. 그리고 설경에 눈부셔하며 문을 열고 밖으로 나갔다.

그린란드 북동부에서 미스 마 킨의 비행기를 본 사람은 이상하게도 두 명뿐이었다. 처음으로 비행기를 본 사람은 게스 그레이브로 귀가 중이던 안톤이었다. 그의 머리는 자유를 노래하는 위대한 시로 가득했다. 그는 구경꾼의 나라를 지나 스쿤만까지 멋진 여행을 했다. 그리고 겨우내 여우 가죽을 바람에 말리며 시로 헤르베르트에게 감동을 주려고 남쪽으로 걸음을 재촉하고 있었다.

또 한 명은 비요르켄보르를 방문한 뒤 여름을 기다리려고 엘리자베스곶으로 돌아가던 할보르였다. 그는 엘리자베스곶으로 돌아갈 생각에 마음이 한껏 들떠 있었다. 깊은 평화가 내면을 채웠지만, 머릿속에는 정리할 생각이 가득했다. 그는 잃어버린 것을 찾지 못했고, 아직도 그것이 무엇인지 몰랐다. 그래도 그림자처럼 그를 따라다니는 닐스 노인과 화해해서 기쁘기는 했다. 닐스 노인은 24시간 내내 밝은 계절이 돌아와 얼굴이 눈처럼 창백했다.

할보르는 개들과 함께 넓고 긴 볼렌 피오르를 조용히 올라갔다. 개들의 다리 상태를 고려해서 밤새 길을 걸었더니 정오가 가까운 시간에는 잠이 쏟아졌다. 그는 개들을 멈춰 세우고 텐트를 치고 차를 끓였다. 그리고 개들을 비요르켄보르에서 빌려 온 스키 사이에 묶고 자리에 누웠다.

할보르는 금세 잠들어 깊이 잤다. 적어도 마 킨의 비행기가 불안정하게 윙윙대며 텐트 바로 위를 스치기 전까지는 그랬다. 최후의 심판이 일어난 듯, 지옥과도 같은 굉음이 사방에서 벽처럼 들고 일어났다. 그는 비명을 지르며 잠에서 깨어났다. 그리고 겁에 질린 채 주변을 둘러보았다. 굉음은 사라졌지만, 흥분한 개들이 낑낑대며 바닥을 긁는 소리가 들렸다. 텐트에서 고개를 내민 그는 입을 다물지 못했다. 50여 미터 떨어진 빙판 위에 비행기 한 대가 한쪽 날개 쪽으로 치우친 채 추락해 있었다. 문이 열리고 누군가 얼음 위로 뛰어내려 기계를 검사하기 시작했다.

할보르는 서둘러 옷을 입었다. 텐트에서 나오자 조종사가 망가지지 않은 바퀴에 앉아 보온병에 든 커피를 마시는 게 보였다.

마 킨은 할보르를 보고도 전혀 무서워하지 않았다. 대신 비행사들이 쓰는 모자를 벗고 그를 향해 활짝 미소 지었다. 그제야 할보르는 조종사가 여자라는 사실을 알았다.

"커피 좀 드실래요?" 마 킨이 보온병을 보여주며 물었다.

할보르는 머릿속을 뒤져서 몇 마디밖에 모르는 영어 단어를 전부 끄집어냈다. "네, 고맙습니다."

마 킨은 보온병의 마개에 커피를 따랐다. 그리고 기계를 가리키며 말했다.

"문제가 생겼어요. 발동기용 연료에 성에가 낀 것 같아요."

할보르는 손상된 바퀴와 살짝 찌그러진 날개를 곁눈질했다. 그리고 고개를 끄덕였다. 불가능한 일도 아니었다.

"가장 가까운 대장장이 집이 어디지요?" 그녀가 물었다.

할보르는 호기심 어린 눈으로 그녀를 바라보았다. 귀여운 여자였다. 작고 가녀린 몸에 얼굴도 이국적이고 예뻤다.

"여기서 600킬로미터 정도 떨어진 곳에 있어요." 머릿속으로 재빨리 계산을 마친 뒤 그가 대답했다.

마 킨은 놀란 눈으로 할보르를 쳐다보았다. "흠, 굉장히 머네요. 조금 더 가까운 곳은 없나요?"

할보르는 다시 생각했다. 물론 로이비크가 있었다. 그는 다재다능한 남자였다. 연안에서 썰매에 사용되는 철제 부품을 만드는 사람이 언제나 그이기도 했다.

"사냥꾼이 한 명 있는데, 대장장이 일도 잘해요. 그런데 비행기를 고칠 수 있을지는 모르겠어요."

"연장만 있으면 가능해요." 마 킨이 대답했다. "내가 고칠 수 있어요. 그 사람은 어디에 살지요?"

"가까워요. 120킬로미터만 가면 돼요."

마 킨이 웃음을 터트렸다. 할보르는 그녀의 웃음이

마음에 들었다. 멀리서 들려오는 썰매 방울 소리 같기도 하고, 멧새의 지저귐 같기도 했다. 물론 피오르의 장엄한 침묵을 깨지도 않았다.

"저런, 120킬로미터만 가면 된다고요? 그거참 굉장히 가깝네요!" 마 킨은 노르웨이 남자를 훑어보았다. 작지만 다부진 체격에 숱이 많은 더벅머리가 사방으로 뻗쳐 있었다. 회색빛 눈은 어딘지 모르게 우울해 보이고, 수염이 가슴께까지 길게 자라 있었다. 옷은 검정 바둑판무늬 셔츠에 털이 북슬북슬한 검정 바지 차림이었다. 오른쪽 허벅지 위로 바다표범 가죽 함 속에서 흔들리는 리볼버 권총이 보였다.

"대장장이 집까지 비행기를 끌고 갈 수 있게 도와줄 수 있어요?" 그녀가 물었다.

할보르는 커피잔을 비웠다. 그러더니 기계를 한 번 쳐다보고 회의적으로 고개를 저었다. 비행기 조종사는 매력적이기는 했지만, 운은 없어 보였다. 용케 정어리처럼 생긴 상자를 타고 그린란드까지 올라와, 볼렌 피오르 한가운데 착륙도 했다. 하지만 아쉽게도 남에게 부탁할 게 있고, 부탁하지 말아야 할 게 있다는 걸 배우지 못한 듯했다. 할보르가 마 킨에게 보온병 마개를 돌려주며 말했다. "커피 잘 마셨어요. 혹시 다른 도울 일이 있으면 말씀하세요. 저쪽 텐트에 가 있을게요."

마 킨의 표정이 굳어지며 눈살이 찌푸려졌다. 큰일이었다. 그녀는 커피를 다시 한 잔 따르고, 저택으로 돌아가는 할보르를 성난 눈으로 노려보았다. 할보르는 침낭으로 들어가 다시 잠을 청했지만, 아무리 해도 여자와 저주받은 비행기를 생각에서 멀리 떼어놓을 수 없었다. 하는 수 없었다. 그가 일어나 모닝커피를 끓이기 시작했다. 텐트 문을 살짝 열고 내다보자, 뾰루퉁한 표정으로 비행기 바퀴 위에 앉은 여자의 얼굴이 보였다.

할보르는 커피를 마시고 차에 적셔 한결 부드러워진 비스킷을 먹었다. 그리고 자신의 행동을 돌아보았다. 배려심 없는 행동이었을까? 그랬다. 아무리 미친 여자라도 곤궁에 빠진 이웃을 모른 척하지 말았어야 했다. 그런데 넝마가 된 비행기를 끌고 로스만까지 간다고 해도 로이비크가 고물을 고칠 수 있을지 의문이었다. 할보르가 텐트 밖으로 고개를 내밀고 소리쳤다.

"혹시 배가 고프면 와서 아침 드세요."

그 시간, 마 킨은 자기가 처한 상황에 대해 다시 한번 생각을 정리하고 있었다. 할보르의 매정함에 화가 났지만, 비행기를 하늘에 다시 띄울 수 있게 도와줄 사람이 지금은 그밖에 없었다. 그래서 그녀는 할보르와 아침 식사를 들었다. 마 킨이 네발로 텐트 안으로 기어들어와 침낭 끝에 자리를 잡았다. 그들은 한동안 말없이 차를 마시고 마가린을 발라 맛을 낸 비스킷을 먹으며 서로의 눈치를 살폈다. 식사를 마친 뒤 할보르가 밖으로 나가 썰매를 분해하기 시작했다.

마 킨은 그런 그를 보며 깜짝 놀랐다. 뭐 하자는 거지? 왜 썰매를 분해해? 설마 나를 도우려고?

할보르에게는 좋은 생각이 하나 있었다. 썰매의 연결 장치를 전부 제거하고 스케이트에 이어 붙여서 두 배 큰 크기로 재조립하는 것이었다. 조립이 끝나자 할보르는 우스꽝스럽게 변한 기재 일체를 비행기 가까이 끌고 갔다. 그리고 별다른 어려움 없이 썰매 한쪽을 망가진 바퀴 아래로 밀어 넣었다. 이어 부서진 비행기 동체에 바짝 붙이고는 피켈을 이용해 지렛대처럼 기체를 들어 올리고 썰매의 첫 번째 칸에 가뿐히 올려놓았다. 비행기와 썰매의 연결 작업이 끝났다. 할보르는 텐트로 돌아가 소지품을 챙기고, 텐트를 걷은 뒤 개들을 썰매에 연결했다. 그가 말했다.

"어디 한번 봅시다. 로이비크 집까지 갈 수 있나 없나."

마 킨은 로이비크가 할보르가 말한 대장장이라고 추측하며 고개를 끄덕였다. "160킬로미터라고 하셨죠?"

할보르는 대답하지 않았다. 그녀에게 용기를 북돋아 줄 뭔가 다정한 말을 하고 싶었지만, 단어가 생각나지 않았다. 그래서 그냥 머리 위로 채찍을 휘두르며 개들을 재촉했다.

이제 할보르의 세 마리 개가 정의를 실현할 차례였다. 개들은 최선을 다해 썰매를 끌었고 실제로 이 무거운 기계를 몇백 미터 앞으로 옮겼다. 하지만 그것이 전부였다. 이후, 개들은 아무리 고함을 치고 채찍을 휘둘러도 반응하지 않았다.

할보르는 긴 판자 위에 앉아 다시 깊은 생각에 빠졌다. 마 킨이 그를 쳐다보았다. 입을 다무는 편이 나을 듯했다.

그가 생각을 마치고 일어나 텐트를 다시 꺼냈다.

"그만두는 거예요?" 마 킨이 물었다.

할보르는 한동안 여자를 응시했다. 그리고 그녀가 이해하지 못할 몇 마디 말을 중얼거리고는 텐트를 치기 시작했다. 마 킨이 할보르 곁으로 다가갔다.

"벌써 포기하는 거예요?" 그녀가 화를 내며 말했다. "결국 말만 멋진 거였네요. 이런 건 나도 할 수 있어요." 할보르는 긴 칼을 꺼냈다. 한 차례 칼날을 시험해본 뒤, 여자에게 던지며 그가 말했다. "받아요, 그리고 썰매 위로 올라가요." 개들이 비행기를 끌지 못하면 다른 방법을 찾아야 했다.

"모터를 작동시킬 수 있어요?" 그가 물었다.

마 킨은 고개를 끄덕였다. "기화기를 해체해서 청소하면 가능할 거예요."

"그러면 자동차처럼 굴러갈 수 있다는 말이죠? 그러니까 내 말은 갑자기 하늘로 올라갈 위험은 없는가 하는 거예요."

마 킨의 화가 눈 녹듯 사라졌다. 그녀가 활짝 웃었다. "아니요, 그런 일은 일어나지 않아요. 알겠어요. 그럼 지금은 바퀴를 제자리에 끼워야겠군요."

할보르는 마 킨이 자신의 계획을 별다른 설명 없이 알아챈 것을 보고 놀랐다. 설명을 하기도 전에, 그녀는 벌써 바퀴를 떼어내고 썰매 받침으로 발판을 만들고 있었다. 바다코끼리 가죽으로 된 긴 밧줄로 피켈과 골조를 연결해 비행기를 들어 올리기 위해서였다. 그들은 온종일 일했다. 저녁의 태양이 빙판을 밝게 물들일 때였다. 갑자기 마 킨이 일을 그만하자고 제안했다.

할보르는 당황한 표정으로 그녀를 바라보았다. 빙판 한가운데서 낯선 여자와 밤을 보낼 생각을 하자 순식간에 얼굴이 진홍색으로 물들었다. 그는 피곤하지 않으니 일을 마치자고 우겼고, 그녀는 몇 시간을 비행했고, 비행시간보다 더 긴 시간 동안 고되게 일했으니 자기는 지금 먹고 잠을 자야 한다며 고집을 부렸다.

할보르가 졌다. 바다표범 고기를 삶아주자 그녀는 냄새도 아랑곳하지 않고 맛있게 먹었다. 입맛이 까다롭지 않은 여자였다. 이상한 여자이기도 했다. 미친 게 분명했지만 어딘지 모르게 특별해 보였다. 그도 그럴 것이 그녀는 모든 일을 있는 그대로 받아들였다. 재앙과도 같은 착륙과 끝없이 펼쳐진 빙하는 물론, 바다표범과 할보르까지 말이다. 마치 북극의 야생 및 자연과 오래전부터 하나인 듯 모든 점에서 막힘없이 자연스러웠다. 기분이 이상했다. 할보르는 마 킨에게 썰매 위의 백곰 가죽을 보여주며 자기는 저기서 잘 테니 그녀는 침낭에서 자라고 말했다. 그런데 그녀가 거절했다. 할보르는 당황했다. 이런, 그럼 대체 어디서 자겠다는 말이지?

"나는 밖에서 자는 게 더 좋아요." 그가 말했다. "내가 썰매 위에서 잘게요."

하지만 마 킨의 고집을 꺾지는 못했다. 마 킨은 할보르가 텐트 안에서 잠을 자지 않으면 자기도 그럴 수 없다며 고집을 부렸다. 밖에서 자다가는 얼어 죽을 수 있고, 그 점에서는 그도 다르지 않다고 했다. 텐트 안에서 함께 자는 게 불편해서 그런 거라면 자기는 비행기 안에서 자면 그만이라고 했다.

모든 일은 그녀가 원하는 대로 돌아갔다. 마 킨은 침낭 안으로 들어가고 할보르는 곰 가죽을 깔고 그녀 옆에 누웠다. 돌이 쪼개질 만큼 날씨가 차서 할보르는 몸을 부르르 떨었다. 그 모습을 보고 마 킨이 침낭의 단추를 끌렀다. 그리고 안으로 들어와 같이 자자고 권했다. 이번에도 마 킨이 이겼다. 그들은 등을 돌리고 침낭 안에 누웠다. 잠들기 전까지 할보르는 닐스 노인의 그림자를 생각했다. 그가 눈을 크게 뜨고 할보르가 볼렌 피오르 한가운데서 구릿빛 피부의 젊은 여자와 자는 걸 지켜보고 있을 것이기 때문이었다.

낭가

—

혹은 잃어버린 것을 되찾고, 사랑을
만나, 처녀비행까지 하게 된 할보르의
연대기

안톤은 비행기 소리를 들었지만 보지는 못했다. 마
킨이 기다란 피오르를 따라 낮은 고도로 날아서, 웅대
한 망자의 산맥에 가려 기체가 보이지 않았다. 그는 모
터 소리가 완전히 멈추었음을 확인하고 최악의 경우를
상상하며 기계가 사라진 북동쪽으로 방향을 돌렸다.

망자의 산을 우회하는 길은 무척 길었다. 안톤은 다
음 날 새벽에야 볼렌 피오르에 도착할 수 있었다. 조금
더 걷자, 비행기와 텐트, 개들이 시야에 들어왔다.

개들은 안톤을 발견하고 짖기 시작했다. 할보르는 개

짖는 소리에 잠에서 깼다. 그가 침낭을 박차고 나와 총을 휘두르며 텐트 밖으로 뛰쳐나왔다. 그러고는 안톤의 배에 꽂은 총부리를 거두며 말했다.

"뭐야, 안톤, 놀랐잖아!"

안톤이 턱으로 비행기를 가리켰다. "저건 뭐야?"

할보르는 총을 제자리로 가져갔다. "어제 착륙했어. 여자는 안에 있어."

"여자라니?"

"조종사." 할보르가 손가락을 갈퀴처럼 구부려 덥수룩한 머리를 긁었다.

"다쳤어?"

"아니, 다친 거 같지는 않아. 난 여자한테 손가락 하나 안 댔는걸." 할보르가 농담을 했다.

안톤이 텐트 안으로 머리를 들이밀자, 마 킨이 생기발랄한 얼굴로 매력적인 미소를 지었다.

"굿모닝!" 그녀가 말했다. "어제 나랑 잔 사람이 당신이었어요? 당신보다 키가 조금 더 큰 사람 같았는데 아닌가요?"

안톤은 고개를 저었다. 그리고 유령이라도 본 듯, 마 킨을 뚫어지게 바라보았다. 그의 낯빛이 숯불처럼 붉어졌다. 마 킨의 얼굴이 몇 해에 걸쳐 꿈꿔온 얼굴 없는 어자의 것이기 때문이었다. 그는 텐트 밖으로 재빨리 고개를 빼고 중얼거렸다. "아냐, 잘못 본 걸 거야."

마 킨은 침낭에서 벗어나 텐트 밖으로 나왔다. 새로 도착한 남자는 보통 키에 말랐고, 때가 꼬질꼬질했다. 아노락은 기름때에 절어 반질반질 광이 났고, 바지 오른쪽에는 피 얼룩까지 말라붙어 있었다. 마 킨은 황금빛 수염이 듬성듬성 난 안톤의 턱과 금발에 반이나 가려진 파란 눈을 바라보았다.

할보르가 소개했다. "안톤이에요. 게스 그레이브에 사는 사냥꾼이지요. 학생이고 시를 써요."

마 킨이 사시나무 떨듯 떠는 안톤의 손을 잡으며 물었다. "이제 당신 차례예요. 친구 소개를 해봐요. 그럴 수 있겠죠?"

안톤은 바닥에서 눈을 떼지 못했다. "할보르가 자기 소개를 아직 안 했어요?"

마 킨이 웃음을 터트렸다. "그럴 기회가 없었어요. 내 이름은 마 킨 마훈이고, 런던에서 왔어요."

안톤은 할보르를 손가락으로 가리켰다. "저쪽은 할보르이고 노르웨이 사람이에요. 신부님이고, 옛날에 여기서 뭘 잃어버렸는데, 그게 뭔지 몰라서 지금 찾는 중이죠."

"아!" 마 킨이 흥미롭다는 듯 할보르를 쳐다보았다.

"여기도 신부님이 있어요?"

할보르가 고개를 끄덕였다. "노르웨이에서 신학 공부를 해요."

"왜요?" 마 킨이 물었다.

할보르가 한숨을 내쉬었다. "왜냐하면 옛날에 하우나에 살 때 동료를 한 명 잡아먹었거든요. 얘기하자면 길어요."

마 킨은 할보르에게서 시선을 떼지 않았다. 이제껏 만난 사람 중 가장 이상한 남자였다. 이상하고, 흥미롭고 매력적인 부분도 있었다. 동료를 잡아먹은 신부님인 것도 모자라 잃어버린 걸 찾고 있다니! 그런데 잃어버린 게 뭔지도 모른다니! 어쨌거나 그와의 만남은 그녀에겐 행운이었다.

"그런데 할보르, 썰매가 왜 저래? 비행기가 썰매 위에 떨어졌어?"

"아니야. 로이비크의 집까지 비행기를 끌고 가려고 했어. 로이비크가 고칠 수 있을 것 같아서. 그런데 너무 무거워서 못 했어. 지금은 보다시피 피켈로 바퀴를 붙이고 있어. 비행기의 추진기를 이용하면 저절로 굴러가니까."

안톤은 천천히 고개를 끄덕였다. 혈관이 뜨거워지며 피가 끓었다. 그는 마 킨의 시선을 피했다. 이상한 일이었다. 그가 쓴 시의 주인공이자, 앞으로 쓸 사랑 찬가의 주인공이기도 한 여자가 눈앞에 있다니! 안톤은 문득 이 모든 우연이 두려워지기 시작했다.

"우리를 좀 도와주겠어?" 할보르가 물었다.

"뭐?"

"우리를 도와줄 수 있겠냐고?" 할보르가 반복해 물었다.

"어어, 그럼, 물론이지." 안톤은 도망간 정신을 회수하려 노력했다. "그런데 내가 로이비크 집에 가서 엘리자베스곳으로 올라가라고 말하는 게 훨씬 더 쉽지 않을까? 할보르의 집은 여기서 25킬로미터밖에 안 되잖아. 로이비크 집은 네 배나 멀고."

할보르는 마 킨과 상의했다. 그리고 곧 안톤의 제안에 따르기로 했다. 안톤은 밥도 못 먹고, 눈 붙일 새도 없이 썰매를 타고 밤새 그가 남긴 흔적을 따라 길을 돌아갔다. 썰매가 달리는 소리가 희미해지자 마 킨이 말했다.

"이렇게 바로 갈 필요는 없었는데…… 저 사람은 호기심도 많지만 부끄러움을 많이 타나 봐요."

"안톤의 머리는 시로 가득해요." 할보르가 안톤을 변론했다. "우리를 보자마자 시가 떠올랐을 수도 있어요." 그는 비행기 근처로 가서 피켈을 흔들었다. "잘 지탱하

겠죠?"

마 킨은 할보르 곁으로 다가가 둘이 응급조치를 한 핸들 위로 몸을 굽혔다. 그때, 우연히 그녀의 손이 할보르의 손등을 스쳤다. 마 킨은 그가 손을 빼지 않았다고 생각했지만, 할보르는 손을 안 뺀 게 아니라 그녀가 손을 치울까 봐 무서워서 몸이 마비된 것이었다.

"이제 한번 시험해볼까요?" 그녀가 손으로 다시 할보르의 손등을 가볍게 누르며 말했다.

마 킨이 아브로 에이비언 III의 엔진에 시동을 걸자 겁을 먹은 할보르의 개들이 배를 바닥에 깔고 긴 것 외에는, 엘리자베스곶을 향한 출발이 순탄하게 진행되었다. 할보르가 소지품을 조종석에 던져 넣고 옆 좌석에 자리를 잡고 앉자, 마 킨이 기체를 천천히 빙판 위로 미끄러뜨렸다. 대충 수리한 바퀴에서 눈을 떼지 못하며 할보르가 소리쳤다. "괜찮아요. 잘될 것 같아요." 마 킨은 햇빛처럼 찬란한 미소를 지으며 할보르의 무릎에 한쪽 손을 올려놓았다.

바퀴를 두어 번 다시 붙잡아 맨 뒤에야 그들은 목적지에 도착했다. 기체를 집 앞 빙판에 세운 뒤, 할보르와 마 킨은 가방을 들고 현관 쪽으로 걸었다.

"집이 참 예뻐요." 마 킨이 즐거운 얼굴로 말했다. "경치도 좋고요.”

할보르는 그녀를 바라보았다. 깊고 파란 눈을 반짝이는 그녀를 보고 있노라면 기분이 좋아졌다. “누추하지만 들어오세요.” 그가 문을 열고 마 킨이 먼저 들어갈 수 있게 양보하며 작은 소리로 말했다.

그날부터 그들은 같은 집에서 살기 시작했다. 집에는 이층 침대와 화덕 하나, 테이블 하나와 의자 하나가 있었다. 인원에 비해 모자란 의자를 보충하기 위해 비행기 좌석을 뜯어다 놓자 모든 것이 완벽해졌다. 이제 그들은 그곳에서 여러 날을 함께할 터였다. 할보르는 마 킨에게 집 주변을 구경시켜주었다. 오두막 뒤에 있는 산봉우리를 보여주고, 둥글고 부드러운 언덕도 보여주고, 눈부신 목자의 빙하 꼭대기에도 데려갔다. 섬처럼 솟은 페데르센의 누나탁*에 이르자 천지가 한눈에 들어왔다.

마 킨의 일생에서 가장 아름다운 날들이었다. 마 킨은 행복했다. 머리 위로 둥글게 펼쳐진 유년기의 파란 하늘을 되찾은 까닭이었다. 그녀는 할보르에게 유년기와 아버지, 파탄인 씽, 낭가, 국경 너머까지 펼쳐진 아름다운

———

* 빙하로 둘러싸인 암봉.

푸른 산맥, 그리고 이제껏 아무에게도 들려준 적 없는 이야기를 들려주었다. 할보르가 우울해 보였기 때문이다. 그는 그녀가 이제껏 만난 사람들과 모든 면에서 달랐다. 세상에서 가장 멋진 신부님이기도 했지만, 사람을 잡아먹은 전적이 있었다.

화덕 앞에 의자를 가져다놓고 앉은 어느 저녁의 일이었다. 할보르가 그린란드에서 닐스 노인과 함께 살던 시절에 관해 이야기하기 시작했다. 크리스마스 저녁에 벌어진 살인 사건에 대해서도 숨김없이 고백했다. 노르웨이에서 신과 만나게 된 동기를 차분하게 설명하며, 그는 석탄 상자에 앉아 한마디도 놓치지 않으려고 당나귀보다 귀가 더 커진 닐스 노인의 그림자에 대해서도 말했다. 마 킨은 닐스 노인의 그림자를 전혀 이상하게 생각하지 않았다. 어렸을 때 스리나가르에서 논리적으로 설명되지 않는 보다 기이한 이야기를 들었다며, 착하고 다정한 그림자는 무서워할 필요가 없다고 했다.

둘은 비밀을 나눈 사이가 되었다. 그리고 어느새 암묵적 동조 아래 사랑이 싹트기 시작했다. 어느 저녁, 할보르가 잃어버린 것을 찾아 떠나온 여행의 목적을 이야기할 때였다. 마 킨이 갑자기 자리에서 일어나 두 팔로 그의 목을 감쌌다. 순간 테이블 근처에 선 할보르의 몸이 도리아 양식의 기둥처럼 뻣뻣하게 굳었다. 그녀가 껴안았을 때는 현기증이 일었다. 그는 마 킨을 붙들고 침대 위로 쓰러졌다.

이어 두 사람은 사랑하는 사람들만이 영위하는 시간을 보냈다. 할보르는 여전히 현기증을 느꼈다. 마 킨과 그는 넉넉잡아 24시간을 누워 있었다. 이따금 그녀가 이불 밖으로 나가기는 했다. 화덕이 넘치도록 석탄을 채우고, 비상용 비스킷에 버터를 발라 차와 함께 들고 침대로 오며 가볍게 몸을 흔들었다. 그러면 그들은 차를 마시고, 다시 사랑을 나누다 잠들었다. 자다 가끔 깨서 서로의 눈빛에서 행복을 발견하고, 깊은 안도의 한숨을 내쉬었다. 그렇게 그들은 로이비크가 썰매 가득 고철과 강철 케이블, 용접용 램프를 싣고 도착할 때까지 사랑의 시간을 살았다.

로이비크는 가방 속에 탑보다 더 큰 것도 넣고 다닐 만한 사내였다. 며칠 후 그는 톱니바퀴를 간신히 교체하고, 불완전한 설계도로 뒤쪽 톱니를 완벽하게 수리했다. 파손된 날개 보수 공사가 끝나자, 영국으로 돌아갈 채비를 마친 마 킨의 아브로 에이비언 III가 눈밭 위에 새롭게 단장한 모습을 드러냈다.

마 킨은 돌아가고 싶지 않았다. 시간이 어떻게 가는 줄도 모르고 공상에 빠져 실실대는 할보르 곁에 머물고 싶었다. 로이비크는 그런 그를 보고 잃어버린 것을 찾았다고 생각했다. 대대적인 비행기 수리가 벌써 끝났지만, 로이비크는 사랑하는 젊은 남녀를 조금 더 지켜보려고 엘리자베스곶에 머물렀다. 페데르센과 연안의 주민들에게 세세히 묘사할 이야깃거리가 생긴 까닭이었다.

5월이 왔고, 많은 날이 지나갔다. 얼음이 녹아 생긴 물웅덩이들이 천천히 커지기 시작했다. 마 킨은 비행기를 집에서 조금 멀리 떨어진 두꺼운 얼음 위로 옮겨다 놓았다. 엘리자베스곶에 머문 지 보름이 다 되어가는 로이비크는 아직도 이야깃거리를 수집하는 중이었다.

할보르는 행복했다. 행복한 빛에 휘감기고 나서야 그는 자신의 과거가 어둠에 가려져 있었다는 사실을 알았다. 그는 한해의 남은 날들이 그린란드 북동부에 도착한 이후처럼 자애롭고 호의적으로 지나가리라 믿었다. 마 킨과 산등성이에 누워 있을 때였다. 할보르가 벌에 쏘인 듯 별안간 일어나 앉으며 흥분한 얼굴로 소리쳤다.

"찾았다! 마 킨, 바로 그거였어!"

할보르가 갑자기 일어나는 바람에 그의 배를 베고 누워 있던 마 킨의 머리가 사내의 허벅지와 복부 사이에 끼고 말았다. 숨이 막혀 캑캑대며 그녀가 작은 목소리로 물었다.

"할보르, 뭐가?"

"뭘 잃어버렸는지 알겠어. 찾았어!"

마 킨은 고개를 빼고 할보르 옆에 몸을 눕혔다. 그리고 손을 들어 할보르의 숱이 많은 금발을 헝클어뜨렸다.

"빨리 얘기해봐." 그녀가 조바심을 내며 속삭였다.

"알았어." 할보르는 몸이 뜨거웠다. "닐스를 먹은 다음부터 나는 더는 내가 아니었어. 그 얘기는 이미 했었지? 그래서 신학을 공부하기 시작했어. 신이 나를 도울 거라 믿었거든. 그러다가 다시 여기에 왔고, 옛 친구들과 재회했어. 이곳에 있는 동안 나는 사랑받고 있다는 느낌을 받았어. 내가 나를 사랑할 수 있다는 것도 알았지. 그 와중에 닐스 노인의 그림자가 나타났어. 처음에는 무서웠지만, 다행히 그와 화해했어. 그리고 네가 내게 왔어."

"그래서?" 마킨이 이해되지 않는다는 얼굴로 할보르를 보았다. "할보르, 그러니까 찾았다는 게 뭐야?"

"당연히 나 자신이지!" 할보르는 거침없이 웃었다. "노르웨이로 끌려갈 때 나는 이미 나 자신을 잃었었어. 이해해? 닐스 노인으로 배를 채운 순간 나를 잃어버린 거야. 그걸 여태 몰랐어."

마 킨이 할보르를 끌어당겨 입맞춤을 했다. 그녀가 말했다. "잃어버린 것을 찾아서 기뻐. 더는 찾아 헤매지 않아도 될 테니까." 마 킨이 불현듯 생각난 듯 눈썹을 치켜세웠다. "그러면 신은, 할보르, 신학 공부는 어떻게 할 거야?"

"신은 여기에도 있어. 나는 신이 내가 이곳에 남길 원한다고 생각해. 여기가 편하니까." 할보르가 선언했다. 그리고 몸을 구부려 마 킨의 입에 입을 맞추었다. 잠시 후, 그가 말했다. "낭가라는 그 산이 여기서 멀어?"

"아주 가까워." 마 킨이 대답했다. "우리가 지금 누워 있는 이 산에서 아주, 아주 가까이 있어."

할보르가 비행기를 가리켰다. "언제 떠날까?"

"내일." 그녀가 기쁘게 소리쳤다. "내일 낭가로 가자."

5월 28일, 태양이 아직 북쪽에 머물러 있던 시간, 마 킨의 비행기가 하늘을 향해 날아올랐다. 이륙이 별 탈 없이 이루어지자, 마 킨은 과감하게 양 날개를 접었다 펴며 엘리자베스곶 위로 두 차례 커다란 원을 그려서 로이비크에게 인사했다. 게스 그레이브곶 상공에 도착해서는 여우 가죽에 밀가루를 바르는 안톤과 헤르베르트의 머리 위를 멀미가 날 정도로 빠른 속도로 지나갔다. 그런 다음 핌불과 룸펠곳, 톰슨곳과 그로버만 상공을 비행했다. 마 킨의 아브로 에이비언 III가 굉음을 내며 지나가는 것을 보고 넋이 나간 사향소들이 불안해 날뛰는 바람에 울타리 두 개가 부서졌다. 비요르켄보르와 바람의 오두막을 지나고, 마지막으로 하우나가 발아래 나타났다. 할보르가 타고 있으리라고는 꿈에도 생각 못 한 피오르두르는 비행기를 향해 도끼를 들어 올리며 욕설을 퍼부었다. 조금 더 내려가자 오스카 왕의 피오르와 빙하로 뒤덮인 덴마크해협이 나타났다. 그렇게 그린란드 북동부가 시야에서 사라지고 있었다. 하지만 할보르는 뒤돌아보지 않았다. 다만 마 킨의 허벅지에 한 손을 올려놓고, 그들 위로 둥글게 펼쳐진 한없이 파란 하늘을 바라볼 뿐이었다.

갈매기

—

영적 스승으로서 자신의 재능을 지나
치게 남발한 비요르켄

    모두가 톰슨곳의 오두막 앞 벤치에 자리를 잡고 앉
았다. 맨 끝 의자에는 양모 셔츠 속을 수염으로 채우며
시워츠가 앉았고, 그 곁에는 볼메르센 변호사가 앉았다.
그는 그로버만의 엘리트 종마와 싸우다 다쳐서 왼쪽
팔에 붕대를 감고 있었다. 이어 각자의 파이프를 입에 문
매스 매슨과 검은 머리 빌리암이 보였다. 두 사람이 담배
를 마음껏 피우는 바람에 모기 떼는 일찌감치 멀리 달아
나고 없었다. 빌리암 옆에는 비요르켄과 낯짝이 있었다.
비요르켄은 가슴에 새긴 황홀한 문신을 목둘레가 초승

달 모양으로 패인 속옷 위로 은근슬쩍 드러냈고, 낮짝은 두 번째로 부러진 안경다리 대신 처음 안경다리가 부러졌던 때처럼 빨간색 고무줄을 동여맨 상태였다. 덕분에 눈이 안경알에 밀착됐다. 두 주먹을 무릎에 조용히 올리고 굳은 표정으로 앉은 로이비크 옆은 페데르센이 지켰고, 페데르센 곁은 콧수염을 바람에 흩날리며 중위가 지켰다. 중위는 광을 내 햇빛에 반짝이는 장화를 신고 코끝을 하늘 높이 쳐들고 있었다. 헤르베르트와 피오르두르 사이에는 안톤이 있었고, 그들 앞으로 히스 속에 누워 풋잠에 빠진 밸프레드가 보였다. 같은 시각 라스릴은 오두막 안을 종종거리며 백작의 커피 세트를 식탁으로 옮겼다. 백작은 스물네 개의 바다 까마귀 알로 달콤한 케이크를 완성하기 위해 마지막 작업에 열중했다. 잠시 후면 라스릴이 그린란드 북동부를 떠날 터였다. 그는 사향소 농장 일을 도우며 고된 봄을 보냈고, 낮짝과 비요르켄을 걱정시키며 엄청난 여름을 보냈다. 그리고 이제 저 아래 스코네로 가서 엄마와 함께 지내며 과거에 머물던 시간을 현재로 되돌릴 예정이었다.

낮짝은 벤치에 앉아 라스릴이 얼마나 힘들지 생각했다. 라스릴은 1년간 비요르켄을 떠나 있기로 했다. 잘 내린 결정이었다. 늙은 털북숭이 비요르켄이 앞날이 창창한 청년의 머리에 말도 안 되는 짓을 저질렀다. 그는 라스릴과 고대 에스키모 여인과의 관계를 듣고 화를 참지 못했다. 과거와 현재를 분간하지 못하고 동일시하는 라스릴의 비상한 재주를 무슨 일이 있어도 정상으로 되돌려놓아야 했다. 비요르켄의 허튼소리가 라스릴의 머리를 지배하게 더는 놔두지 말아야 했다. 그래서 그는 럼 계곡으로 가서 라스릴을 붙잡아 왔다. 라스릴은 갈매기라는 이름의 고대 에스키모 여인과 그녀의 다른 가족과 함께 럼 계곡에서 지내는 중이었다. 여하튼 대단한 청년이기는 했다. 진드기 예방용 주머니를 꿰 찬 100살도 넘는 여자와 산다고 가출을 하더니 약간 즐기기까지 했다니 말이다.

베슬 마리호의 연기가 보인 지 꽤 긴 시간이 지났다. 빙판에 균열이 생기며 얼음이 움직이기 시작하자 배도 연안을 향해 어려움 없이 길을 냈다. 선체는 굉음과 함께 움직이며 커다란 얼음판에 부딪혔다. 이어 조개껍데기가 부서지는 소리가 나고, 올슨 선장이 쉰 목소리로 키잡이 선원을 향해 욕설을 퍼붓는 소리가 들려왔다.

작은 페데르센은 몸을 앞으로 기울이고 호기심 어린 눈으로 안톤을 바라보았다.

"안톤, 별말이 없네. 우편물을 빨리 보고 싶지 않아?"

사냥꾼 모두가 안톤이 소설을 출간할 목적으로 지난해 출판사에 원고를 보낸 사실을 알고 있었다. 헤르베르트가 앞으로 몸을 기울이고 페데르센에게 속삭였다.

"페데르센, 안톤은 시를 쓰는 사람이야. 생각하는 게 많을 테니까 조용히 해줘야 해."

"저런." 페데르센이 뾰족한 코끝을 앞으로 내밀었다. "그런데 시의 주제가 뭐야?"

"사랑." 헤르베르트가 슬그머니 웃으며 대답했다.

페데르센은 고개를 끄덕이며 코를 뒤로 들이밀었다. "오, 예." 그가 대답했다. "굉장히 위험한 시를 쓰고 있네."

안톤은 아무 말도 하지 않았다. 다만 바다 너머, 베슬마리호의 굴뚝 너머, 수평선 너머, 현실 너머 먼 곳을 눈을 반짝이며 바라볼 뿐이었다. 마 킨의 방문이 기회가 되어 얼굴 없는 여자가 다시 소환되는 바람에, 그는 벌써 그녀의 오른쪽 콧구멍을 찬양하는 12음절의 시구 중심에 도달해 있었다.

배가 가까워지자 비요르켄이 매스 매슨으로부터 빌리암이 받은 쌍안경을 빌렸다. 배 가득 물건을 싣고 오는 올슨을 보기 위해서였다. 그가 습관적으로 박공널 위로 올라갔다. 그리고 선장의 다리를 찾아 쌍안경의 각도를 이리저리 조절했다. 확인하고 싶은 걸 확인하고 난 뒤에는 박공널에서 내려와 의자에 앉더니 누구의 방해도 없이 박식한 학자답게 침묵을 지켰다. 잠시 후, 그가 입을 열었다.

"겉으로 보기에는 놀랄 만한 일이 없어. 올슨은 짐짝 위에 있고, 부선장과 키잡이는 갑판에 있어. 한 명 더 있는데 잘 안 보여서 누군지 모르겠어."

비요르켄의 말에 모두가 긴장을 풀었다. 밸프레드는 다시 가볍게 코를 골았고, 다른 이들은 계속해서 잡담을 나누었다. 오두막에서는 백작이 굽는 케이크 냄새가 코를 찔렀다. 라스릴이 설탕 그릇을 떨어뜨리며 겁에 질린 짐승처럼 꽥 하고 비명을 질렀다.

베슬 마리호는 닻을 내릴 지점으로 전진했다. 굵은 밧줄이 던져지고 선미가 바위에 닿자마자 사냥꾼들이 배 쪽으로 우르르 달려갔다. 속으로는 무탈한 항해가 되었기를 바라는 마음이었다.

올슨 선장이 보트를 타고 육지에 발을 디뎠다. 그가 줄지어 선 이들에게 차례대로 안부를 물었다. "모르텐슨과 할보르는 어디에 있지?" 선장이 매스 매슨에게 물었다.

"닥터와 모르텐슨은 위메르섬에서 휴가를 보내고 있고," 기지 대장이 대답했다. "할보르는 낭가로 떠났어."

올슨이 고개를 갸웃거렸다. "아, 그래? 낭가? 그게 어딘데?"

"카슈미르에 있는 것 같기도 하고, 티베트나 몽골에 있는 것 같기도 해. 정확히는 나도 몰라. 그래도 할보르가 비행기를 타고 떠난 건 맞아."

올슨은 잠시 할 말을 잃었다. "아, 그래? 낭가라고 했지? 비행기를 타고 갔다니 굉장히 먼 곳인가 보네."

모두가 백작이 준비한 커피를 마시려고 집 쪽으로 돌아섰다. 그때였다. 라스릴이 두 팔을 휘두르고 괴성을 지르며 날쌘 동물처럼 그들 곁을 지나갔다. 훗날 빌리암은 라스릴의 괴성을 짐승의 소리와 비교했다. 모두의 시선이 라스릴에게로 향했다.

"올슨, 이번엔 라스릴을 데려가게 될 거야." 매스 매슨이 선장에게 말했다. "녀석이 얼마 전부터 좀 이상해졌거든."

낮짝이 안경 줄 대신 붙잡아 맨 고무줄을 잡아당겼다. 그가 구슬픈 어조로 말했다. "역사에도 없는 가여운 희생양이지."

모두가 눈으로 라스릴을 뒤쫓았다. 백작은 행주를 손에 들고 창문으로 다가갔고, 밸프레드조차 몸을 일으켰다. 라스릴은 베슬 마리호를 향해 달려갔다. 그리고 튼튼한 밧줄을 잡고 원숭이처럼 바다를 건너기 시작했다.

"아들, 조심해!" 비요르켄이 걱정스럽게 소리쳤다.

라스릴은 상갑판의 난간이 손에 잡힐 때까지 날렵하게 전진했다. 그러고는 난간 위로 가뿐히 올라 그를 향해 달려온 머리카락이 검은 예쁜 피조물의 품으로 뛰어들었다.

"저런 우라질!" 비요르켄이 소리쳤다. 그가 팔꿈치로 낮짝의 옆구리를 쳤다. "낮짝, 봤어? 내가 뭐라고 그랬어?" 낮짝은 근시안인 눈을 배에 고정했다. 그리고 피부가 다갈색인 그린란드 여자를 안아 올리는 라스릴을 보았다. 라스릴이 소리쳤다.

"비요르켄, 나의 갈매기예요. 정말 예쁘죠?"

비요르켄은 힘이 빠진 시늉을 했다. "올슨, 어디서 저런 여자를 데려왔어?" 그가 선장에게 물었다.

"스코레스비순드*에서 배에 탄 여잔데, 우리랑 같이 덴마크로 갈 거야." 올슨이 대답했다.

———

* 그린란드의 중동부 해안에 있는 도시로, 1925년 에스키모와 덴마크인이 건설한 촌락이다.

"그런데 저 여자는 이름이 뭐야?" 낮짝이 들릴락 말락 한 소리로 물었다.

"나자." 올슨이 대답했다.

"무슨 뜻이지?"

"아마 갈매기일걸. 왜?" 올슨은 비요르켄보르의 주민들이 놀라 눈이 휘둥그레지는 것을 보았다.

둘 다 할 말을 잃고 입을 다물었다. 낮짝은 더는 볼 게 없다는 듯 안경을 벗어 주머니 안에 넣었다. 비요르켄은 그 자리에 주저앉아 하염없이 장화 굽을 바라보았다. "믿을 수 없어. 낮짝, 난 저들이 진짜 존재한다고는 말한 적 없어. 그런데 이걸 대체 어떻게 설명해야 해? 이런 현상을 뭐라고 말해야 해?"

"……사랑." 낮짝이 대답했다. "얼빠진 놈." 비요르켄은 백과사전에 문의하려고 투덜거리며 집 안으로 들어갔다.

북극 허풍담 5

휴가

초판 1쇄 인쇄 2022년 8월 8일
초판 1쇄 발행 2022년 8월 17일

지은이 요른 릴
옮긴이 지연리
펴낸이 정중모
펴낸곳 도서출판 열림원

출판등록 1980년 5월 19일(제406-2000-000204호)
주소 경기도 파주시 회동길 152
전화 031-955-0700
팩스 031-955-0661   페이스북 /yolimwon
홈페이지 www.yolimwon.com   트위터 @yolimwon
이메일 editor@yolimwon.com   인스타그램 @yolimwon

주간 김현정
편집 조혜영 황우정 최연서   마케팅 홍보 김선규 최가인
교정교열 김정현   온라인사업 서명희
디자인 강희철   제작 관리 윤준수 이원희 고은정 원보람

ISBN 979-11-7040-127-8 04850
       979-11-7040-057-8 (세트)